Antti Verneri Kautto

# Hampus Kossunen
# Consulting

Kansi ja kuvat
Antti Verneri Kautto

© 2020 Antti Verneri Kautto

Kustantaja: BoD – Book on Demand, Helsinki, Suomi
Valmistaja: BoD – Book on Demand, Norderstedt, Saksa
ISBN: 978-9-5280-2367-8

# Sisällys

Minä olen konsultti Hampus Kossunen. Voin neuvoa ja opastaa teitä kaikissa sellaisissa asioissa, joiden ymmärtämiseen tarvitaan ainoastaan maalaisjärkeä. Järjen puuttuminen ei kuitenkaan ole esteenä ymmärrykselle. Järki ja ymmärrys eivät aina kulje käsi kädessä. Kaikkea tämän maailman menoa ei voida järjellä selittää. Ymmärrys ei yksinkertaisesti riitä. Ei riitä myöskään ymmärtämystä järkeviin tekoihin.

Kuuntelen teitä kaikkia herkällä korvalla ja välitän hyviä mielipiteitänne eteenpäin. Mikään cheapjack tai helppoheikki en tunnusta olevani. Tarjoan aikaani teille kaikille. Rahastan teitä, joilla on rahaa ja rakastan teitä, joilla ei ole mitään.

# 1  Konsultti Hampus Kossusen tarina

Nuorena työttömänä Hampus Kossunen istuskeli Helsingin Kalliossa, korttelikapakan nurkkapöydässä. Kantapaikan kaverit taputtelivat selkään. Hampus oli juuri menettänyt työpaikkansa baarimikkona. Potkujen syynä oli ollut juopottelu työpaikalla. Nyt hän yllätti kaverit kaatamalla oluttuopin lattialle: Ryypiskely päättyi tähän! Juuri nyt! Lopullisesti! Kaverit olivat ihmeissään. He yrittivät lohduttaa Hampusta, mutta tämä uhosi, ettei tarvinnut myötätuntoa vaan yleisöä! Hampus oli vuosien mittaan oppinut kapakkatyössään kaikenlaista. Hänelle alkoi valjeta, mitä hän halusi. Hän tarvitsi omia asiakkaita, joilla olisi runsaasti rahaa!

Ensin piti vain tulla huomatuksi ja saada nimeä. Hän ilmoittautui naapurikapakan viihdeiltaan, jossa esiintyi talk shown amatöörejä. Hampus menestyi hyvin. Hän sai jutuillaan ihmiset nauramaan. Muutamassa kuukaudessa hänellä oli ideoita pursuava mappi. Kaikki hänen parhaat juttunsa. Menestyksen takuumiehiksi hän valitsi muutamia kovaäänisiä kavereita, joille tarjosi palkkioksi pari tuopillista. Heidän hohotuksensa sai yleisön heti syttymään.

Eräänä iltana asiakkaiden joukossa sattui istumaan liikemies, joka kännipäissään pyysi Hampukselta ohjelmanumeroa firmansa pikkujouluihin. Hampus tarttui tilaisuuteen ja show oli tietenkin menestys, sillä Hampuksen osuus alkoi, kun firman väki oli jo melkoisessa tuiskeessa. Pian toinenkin mappi täyttyi firmafesteissä menestyneistä sketseistä, ja tilauksia riitti.

Eräissä juhlissa oli mukana suuren yrityksen koulutuspäällikkö, joka ihastui Hampuksen tyyliin niin paljon, että pyysi tätä tekemään vakavamielisen luennon yrityksensä koulutustilaisuuteen. Hampus teki työtä käskettyä ja esitys upposi kuulijoihin kuin veitsi voihin. Tässä vaiheessa Hampuksen oli jo ruvettava miettimään oman toiminimen perustamista.

Hampus Kossunen Consulting sai nopeasti asiakkaita. Konsultti Kossunen kiersi ympäri Suomea pitämässä luentoja yhä laajenevalle asiakaskunnalle. Suosio kasvoi ja palkkiot nousivat. Kossunen ei enää itse ehtinyt pitämään kaikkia luentoja. Hänen oli palkattava sijaisikseen muitakin esiintyjiä. Kulut kasvoivat ja luentojen suosio kääntyi laskuun. Normiluennoitsijat eivät kiinnostaneet yleisöä siinä määrin kuin itse toimitusjohtaja, konsultti Hampus Kossunen.

Konsultti Kossunen tajusi, että homma oli karkaamassa käsistä. Hän myi yhtiönsä ja oleskeli talvikuukaudet Välimeren rantakaupungeissa. Fuengirolassa hän hauskuutti suomalaisia turisteja pienessä pubissa eikä asiakkaista ollut puutetta. Hän ei kuitenkaan tuntenut tarvetta olla esillä kaiken aikaa. Nuoruuden intomielisyys oli kadonnut. Kossunen tunsi jo keski-ikäisenä elävänsä seesteistä vanhuutta. Työ oli hauskaa, kunhan sitä ei tehnyt liikaa. Piti voida nauttia myös vapaa-ajan elämästä. Hampus halusi viihdyttää asiakkaitaan vain siinä määrin kuin nämä saattoivat vaivautumatta kuunnella.

Hampus tarjosi kirjoituksiaan myös suomalaisiin lehtiin. Yleensä hänen juttujaan ei julkaistu edes mielipideosastoilla. Median penseä suhtautuminen harmitti. Hampus oli sitä mieltä, että monet hänen ideoistaan ja ajatuksistaan olisivat ansainneet tulla huomatuiksi. Esteenä tuntui olevan, etteivät hänen ajatuksensa edustaneet juuri minkään etupiirin näkemyksiä. Tähtihetket olivat lyhyitä pyrähdyksiä julkisuudessa. Hänet tunnettiin parhaiten rajatuissa piireissä. Hampus ei siis ollut oikealla tavalla julkisuuden henkilö eikä hän sellaiseksi halunnut tulla. Hän ei koskaan ehtinyt mennä naimisiin. Parisuhteen hoitaminen ei ollut Hampuksen parhaita puolia. Monet treffit menivät pieleen jo pelkästään sen vuoksi, ettei hän enää seuraavana päivänä tunnistanut edellisen illan seuralaistaan.

Mahdollisen kirjan kirjoittamaista varten Hampus jonkin verran pani talteen vanhoja papereitaan. Kirjoitelmia ja piirrosluonnoksia on myöhemmin löytynyt pahvilaatikoista ja pölyttyneestä matkalaukusta. Vanhan naapuritalon navetan ylisiltäkin löytyi piirroksia ja kirjoitusluonnoksia. Siellä hän talon tytärtä odotellessaan oli kirjoittanut parhaat runonsa. On todella sääli, että muistiinpanoista ja varsinkin luentojen luonnoksista suurin osa on kadonnut. Jotakin on sentään säilynyt ja ehkä lisää vielä löytyy jostakin.

# 2 Urheiluhenkinen Hampus Kossunen

Kossusella ei ollut varmuutta siitä, tulisiko hänellä koskaan olemaan omia lapsia. Sen sijaan hänen varhaisella ystävättärellään Rakelilla oli lapsia. Rakelin vanhimmat pojat harrastivat jääkiekkoa HIFK:ssa. Kun romanssi lasten äidin kanssa oli kuumimmillaan, Kossunen lupautui junioreiden varahuoltajaksi. Siinä tehtävässä hän joutui silloin tällöin tuuraamaan jopa valmentajaa poikien harjoituspeleissä. Varsinainen valmentaja oli sivumennen sanoen täysi torvi ihmiseksi, simputti nuoria pelaajia ja pelotteli nuorempia kollegoitaan väittämällä, että hänellä oli hyvät suhteet seuran ylimpään johtoon. Sen vuoksi hän saattaisi heittää kenet hyvänsä ulos joukkueesta. Sellaista valmennuslinjaa tuo puupää sitten tarmokkaasti noudattikin.

Hampusta ei kieroutunut ilmapiiri innostanut ja siitä syystä hän lopulta siirsi pojat jalkapallon pariin. Samalla hän itse pääsi lähtemään jäähallien hyytävästä kylmyydestä raittiiseen ulkoilmaan. Tosin harjoitukset kuplahallien epäterveellisessä paineistuksessa ja pölyisessä ilmanalassa eivät myöskään sopineet astmaattiselle Hampukselle. Romanssi Rakelin kanssa hiipui ja sen myötä myös pojat joutuivat toinen toistaan oudompien tyyppien ohjaukseen. Hampus oli poistunut kuvioista.

Palatkaamme kuitenkin vielä hetkeksi jääkiekon kiehtovaan maailmaan. Rakelin pojat ja muut entiset juniorit muistelevat ainakin kaljalasin ääressä Hampusta hyvänä tyyppinä, vaikka hänen metodinsa poikkesivat melkoisesti valmentajien ohjeista. Yksi jäpä muisti yhden tilanteen ja toinen muisti toisen.

- Jaahas, poijjaat! Terve mieheen!

- Lässytys loppuu juuri nyt. Lähdemme tositoimiin. Kuunnelkaa korvat tötteröllä. Kerron teille nämä pelaamisen kultaiset periaatteet vain tämän ainoan kerran. Pitäkää ne visusti mielessänne. Asioita ei kerrata. Tavoite on niin korkealla, että jokaisena päivänä on mentävä eteenpäin pitkin harppauksin. Tunarit pääsevät kertalaakista filttikerhoon!

- Oman tekemisen kautta!

- Mitä se on? Hölynpölyä! Kukaan ei tästä lähtien luistele peliin tekemään omaa peliään! Kukaan ei jää nyhräämään omiaan, vaan joka jäpä pelaa joukkueessa kuin kultakellon ratas! Onko selvä? Joukkueessa yksilöt eivät pelaa omaa peliään, vaan jokaisen silmänurkassa on koko ajan se oman joukkueen pelaaja, joka on hankkiutunut parhaaseen pelipaikkaan. Kaikki tarkkailevat herkeämättä vastapuolen peliä. Pelataan vaihtelevilla kuvioilla, mutta koko ajan noudatetaan ruotsalais-kanadalaista kuviota. Aina kuviota ja syötöt lavasta lapaan! Ei roiskaisuja eikä syöttöjä vastustajan lapaan. Vastustajaa rankaistaan jokaisesta virheestä ja tehdään maali! Itse ei tehdä virhettä eikä anneta vastustajan tehdä maalia. Painetaan päälle loppuun asti kummassakin päässä! Maalit syntyvät juuri vastustajan virheistä. Yleensä maalit tehdään vahingossa, mutta joskus myös hyvällä tuurilla - jopa silloin, kun ne ovat tekemällä tehtyjä. Ymmärretty? Hyvä!

- Kiekko päätyyn ja perään!

- Mitä se on? Täyttä skeidaa! Ei pelata esi-isien aikaista peliä. Kukaan ei tästä lähtien räimi kiekkoa mihin sattuu. Ei päätyyn. Ei kaukalosta ulos. Ei vastustajan lapaan. Ei vastustajan maalin tolppiin. Ei sivuverkkoihin! Kiekko pidetään koko ajan itsellä. Kiekkoa ei anneta vastustajalle edes aloituksista. Kiekko syötetään aina omille ja vain omille. Syöttö omille tapahtuu juuri ennen kuin kiekko on pakko syöttää. Kiekkoa ei isketä maalia kohti, vaan maaliin. On ihan sama, meneekö kiekko maaliin tolppien kautta, längistä, kimmokkeena vastustajan luistimista tai vaikka mistä, mutta verkon on heiluttava niin, että lätkä löytyy maalin periltä! Menikö perille?

- Pelataan laitojen kautta ja syötetään vapaaseen paikkaan!

- Ei hyvät veljet! Ei mennä laidoille taklattavaksi! Kentällä ei ole vapaita paikkoja! Vapaa paikka ei ole sellainen, johon vastustaja ehtii ensimmäisenä! Joukkue tekee tilansa kuin shakkipelissä. Se puolustaa ja hyökkää sellaisen kuvion, että maaliin johtavan hyökkäyksen voi vaistota etukäteen katsomon ylimmältä penkkiriviltä. Ja juuri sieltä! Katsojan pitää voida tuulettaa maalia monta sekuntia ennen kuin verkot soivat! Varma kuvio on takaraivossa siitä hetkestä, kun hyökkäys omalta alueelta käynnistyy. Omaa peliä pitää rentouttaa ja vastustajan peliä paineistaa. Pitääkö vääntää rautalangasta?

- Onko jääkiekko yksinkertaisten miesten yksinkertaista peliä?

- Ei, ei kerta kaikkiaan ei! Joukkuetta ei koota yksinkertaisista typeryksistä. Tämä joukkue ei pelaa sarjan häntäpäässä. Jokainen jäpä on älypelaaja, päättäväinen, vahva, sitkeä ja nopea. Jokainen osaa luistella. Jokainen osaa käsitellä mailaa. Jokainen osaa huijata vastustajaa. Jokainen laukoo maaleja paikasta kuin paikasta. Jokainen lyö lätkän maaliin rakosesta kuin rakosesta. Läheltä ja kaukaa.

- Äänd faiinölii!

- Jokainen malttaa mielensä. Omalle joukkueelle ei oteta jäähyjä! Jos puolueellinen tuomari kuitenkin tuomitsee jäähyn meille, niin vajaalla on heti tehtävä maali.   Jos puolueellinen tuomari panee kaksi meikäläistä jäähypenkille, niin meidän on tehtävä kaksi maalia. Se jos mikä syö vastustajaa kaikkein eniten!

- Miina herrar!

- Tästä on hyvä alkaa. Katsotaan nyt, menikö oppi perille ja löytyykö nouhauta! Muistakaa, että joukkueen kisabudjetista vähennetään kymppi jokaisesta takaiskumaalista ja siihen lisätään kymppi jokaisesta tehdystä maalista. Muistakaa, että paikka seuraavaan peliin tässäkin turnauksessa varmistuu vasta edellisessä pelissä.

- Hopi, hopi! Mitä te vielä odotatte? Vauhtia, vauhtia! Tsemiä, tsemiä!

Vuosia myöhemmin Rakelin pojat löysivät Hampus Kossusen kellastuneen kirjeen äitinsä piirongin sekalaisten asioiden laatikosta. Kirjekuoren päälle oli kirjoitettu: Olisit antanut rahat myös postimerkkiin. Se oli äidin käsialalla kirjoitettu. Kirjekuoren takapuolella oli lisää äidin kirjoitusta: Anteeksi, en tahtonut loukata. Olin vain niin väsynyt. Tulisitko takaisin, jos pyytäisin kauniisti? Rakastan sinua. Rakel

Kirjekuori sisälsi Hampus Kossusen koneella kirjoittamat terveiset suomalaiselle urheiluvalmennukselle. Toinen Rakelin pojista oli tuossa vaiheessa kuvataiteen maisteri ja toinen eläinlääketieteen kandidaatti. Kirjeen luettuaan pojat katsahtivat kummastuneina toisiinsa ja olivat hiljaa.

# 3   Terveiset suomalaiselle urheiluvalmennukselle eivät mene perille

Arvoisa urheiluväki!

Valmentajien tulee tiedostaa suomalaisen ajattelu- ja liikkumistavan hitaus. Varsinkin jalkapallossa ja jääkiekossa tämä piirre tarkoittaa, että suomalaiset pelaajat tulevat tilanteeseen hivenen myöhässä eli puoli askelta etelämaalaisia vastustajiaan jäljessä. Sen vuoksi kosketus palloon tai kiekkoon on hätäinen ja syöttöjen osumatarkkuus jää vähäiseksi.

Hitaus haittaa myös pelisilmää. Kentän kokonaistilannetta ei pystytä hahmottamaan eikä nopeita käänteitä havaita ajoissa. Peliin ei saada virtuoosimaista draivia. Harvojen tähtipelaajien taidot jäävät käyttämättä, kun palloa tai kiekkoa ei saada menemään namupaikoille oikeaan aikaan, jos lainkaan. Suurin osa pelaajista ei myöskään osaa käyttää satunnaisia maalintekopaikkoja hyväksi silloin, kun niitä yllättäen tarjoutuu omalle kohdalle.

Siitä huolimatta suomalaisilta urheilujoukkueilta odotetaan paljon myös sellaisissa lajeissa, joissa maailmanlaajuisesti on miljoonia harrastajia enemmän kuin Suomessa. Suomalaiset joukkueet yltävät huippusuorituksiin vain harvakseltaan tai satunnaisesti. Vuodesta toiseen jatkuvaa menestystä tuntuu olevan mahdoton saavuttaa. Sen vuoksi harrastajien, sponsoreiden ja fanien mielenkiintoa on ylläpidettävä kertaamalla vuosikymmenien takaisia saavutuksia.

Valmentajien on otettava vakavasti se tosiasia, että suomalaista ajatuksenkulkua ja juoksurytmiä ei pystytä kotikonsteilla muuttamaan. Värikkään etelämaalaisen pelitavan omaksuminen on jätettävä lämpimien maiden omaksi vahvuudeksi. Parhaimmillaan suomalainen joukkue pystyy harhauttamaan etelämaalaisia vastustajiaan siten, että ottelussa noudatetaan korostetun mielikuvituksetonta taktiikkaa.

Mielikuvitukseton taktiikka toimii siten, että vastustajaa harhautetaan syöttelemällä pelivälinettä ennalta arvattavalla tavalla. Vastustaja näkee tilanteen toisin. Hän näkee suomalaiselle pelimiehelle yllättäen avautuvan mahdollisuuden, jota etelämaalainen ei voi jättää käyttämättä. Hän erehtyy luulemaan suomalaisen ajattelevan samoin. Suomalainen valitsee kuitenkin etelämaalaiselle pelaajalle täysin käsittämättömän vaihtoehdon eli suomalainen toimii ennalta sovitulla tavalla ja jättää sattumalta avautuvan tekopaikan käyttämättä. Juuri näissä tilanteissa vastustaja menee halpaan. Hän varautuu yllätykseen, jota ei tule. Suomalaiselle avautuu kuin avautuukin tilaisuus, joka hänen on käytettävä, mikäli vain suinkin ehtii. Valitettavasti myös tämä temppu onnistuu ainoastaan sattumalta, joten jatkuvaa menestystä se ei takaa.

Suomalaiseen juniorivalmennukseen tulisi kehittää menetelmä, jolla todelliset lahjakkuudet kasvatetaan huippu-urheilijoiksi. Heidät sitoutetaan pelaamaan Suomen hyväksi tietty aika, jonka he harjoittelevat ja pelaavat yhdessä. Heidän asumisensa ja palkkionsa kotimaassa järjestetään kansainväliselle huipputasolle. Tuohon joukkoon ei pitäisi olla pääsyä suhteilla. Tämä on tietenkin utopiaa, joten todennäköisesti joudumme elämään satunnaisten huippuhetkien tarjoamassa todellisuudessa.

Kunnioittavasti,
Hampus Kossunen

Vielä enemmän poikia ihmetytti toinen paperilappunen, joka oli kalenteri eräänlaisista jokamiehen urheilukisoista. Tämänkin paperin pojat havaitsivat Hampuksen luonnostelemaksi. Paperilla oli lista kilpalajeista ja paikkakunnista, joilla kilvoittelu oli tarkoitus toteuttaa. Perusteena oli "autioituvan maaseudun elävöittäminen ja rahavirtojen aukaiseminen haja-asutusalueille".

Henkilökohtaiseksi liikeideakseen suunnitelman laatija oli kaavaillut yksinoikeuden grillimakkaroiden ja savusilakoiden myymiseen kisojen yhteydessä.

Alkuperäinen idea oli lähtöisin Henley-on-Todd -tapahtumasta. Se on Australiassa järjestettävä regatta kuivuneen joen uomassa.

# 4 Jokamies-jokanais -urheilun tapahtumakalenteri

**Tammikuussa**
Sokkoammunnan Talvikisat
Korsnäsin Moikipäässä

**Helmikuussa**
Tyräjärven Trophy:
Kuviohiihtoa Huononperän
jäällä Taivalkoskella

**Maaliskuussa**
Varjonyrkkeilyn Kutsukisat
"Kopsamossa kopsahtaa"
Juupajoella

**Huhtikuussa**
Lestinheiton Arvokisat Mäntän
Pummilassa

**Toukokuussa**
Nuorallatanssin Näytöskisat
Sievissä, Koppeloharjun läheisen
lammen yli pingoitetulla
teräsvaijerilla

**Kesäkuussa**
Yöttömän yön maratonkävely
Ylöjärvellä: Parkkuu - Toikko -
Hankala - Poikelus - Parkkuu.
Urheiluasuna karvalakki,
uimahousut ja aamutossut (OBS!
Osallistumismaksuun sisältyy
aamulla tarjoiltava yömyssy)

**Heinäkuussa**
Kanavaregatta: Hai-luokan
yhteislähtö Taipaleen kanavassa

**Elokuussa**
Sadetanssin alkeiskurssi
Tenholan Kuivastossa läntisellä
Uudellamaalla

**Syyskuussa**
Parisuunnistus tandempyörillä:
Lähtö Ämmänsaaren torilta
Suomussalmelta - Parinvaihto
Hyrynsalmen Soidinlammella -
Kokoontuminen Lentiiran
Kutujärvellä (yhteensä 200 km)

**Lokakuussa**
Suomi-Ruotsi- vapaalajien
maaottelu: Ajanpeluu ja
huulenheitto Lokalahdella,
kuutamouinti ja syrjähypyt
Oriveden Kutemajärvellä,
tuomaripeli Espoon
Tuomarilassa

**Marraskuussa**
Sekaparien sylipaini Vojakkalan
tanssilavan aitauksessa Lopella

**Joulukuussa**
Pikkujoulu Kaamoksessa:
Fiilistelyä ahkioissa Kaamasesta
Kaamasmutkaan

Järjestelytoimikunnan sihteerin reunahuomautusten perusteella voidaan arvella, että järjestelyt kaatuivat heti alkuunsa rahoitusvaikeuksiin. Puuhamiehillä ei ollut omaa pääomaa eivätkä pankit lämmenneet ideoille. Toimikunnalla ei ollut takanaan urheiluseuroja, järjestöjä, yrityksiä eikä poliitikkoja. Yhteydenotot suunnitelluille paikkakunnille eivät olleet rohkaisevia. Päättäviä tahoja oli vaikea löytää.

# 5 Määräaikainen avioliitto

Kossunen oli päiväkävelyllä ja menossa Ostrobotnian Manalaan syömään jauhemaksapihviä pustan tapaan. Aikoinaan hän olisi poikennut myös St. Urho´s Pubiin siemaisemaan pari Pyhän Urhon Juhlaolutta. Nyt hän havaitsi eduskuntatalon edustalla tavallista enemmän meluisaa väkeää. Esillä oli monenlaisia banderolleja:

AVIOLIITTO JOKAISEN OIKEUS!

AVIOLIITTO ON PELKKÄ INSTITUUTIO!

AVIOLIITTO ON PYHÄ LIITTO!

AVOLIITOLLE SAMAT OIKEUDET KUIN AVIOLIITOLLE!

AVIOLIITTO ON SYDÄMEN ASIA!

Teema innosti Kossusta. Hän ponkaisi eduskuntatalon rappusille ja tempaisi megafonin lähimmän huudattajan kädestä:

- Hyvää päivää teille kaikille! Täällä on hyvä meno. Jokaisella tuntuu olevan oma mielipide asiasta.

- Hyvät ihmiset! Rauhoittukaa hetkeksi! Avioliittoasioilla on turha vouhottaa. Jos katsomme eläinkuntaa, niin siellä ei ole virallisesti vahvistettuja avioliittoja. Siellä on kuitenkin luonnonmukaisia parisuhteita ja reviirejä. Joka tapauksessa kaikki parisysteemit liittyvät lajin säilymiseen luomakunnassa. Useissa tapauksissa eläinten parisuhteet kestävätkin koko elämän ajan.
- Eläinten kesken pätevät eläinten käyttäytymistavat, mutta meillä ihmisillä pätevät sekä eläinten että ihmisten käyttäytymistavat. Lajikohtaisesti ajatellen tärkeintä on lajin säilyminen, mutta tärkeitä ovat myös turvallisuus, ystävyys, onni ja autuus. Myös ne ovat koko luomakunnalle enemmän tai vähemmän yhteisiä piirteitä.

- Erilaisten uskontojen avioliitolle asettamat ahtaat rajat palvelevat myös maallisen hallinnon tarpeita, sillä suuria väkijoukkoja ei saa päästää mellastamaan. Samalla tavalla kuin pienten lasten tekemisille on asetettava rajat, myös suurten väkijoukkojen tulisi tietää rajansa.

- Siveyteen liittyvien sääntöjen ja rajoitusten tärkeimpänä tavoitteena on hillitä tarttuvien tautien ja pahojen tapojen leviämistä.

- Toisena ehkä vieläkin tärkeämpänä tavoitteena on kertyneen omaisuuden suojaaminen. Se koskee myös avioliittoa. Kun lakisääteisesti halutaan antaa kaikille rakastavaisille mahdollisuus omaisuutensa suojaamiseen, on luonnollista, että myös samaa sukupuolta olevat rakastavaiset voidaan vihkiä avioliittoon. Vaikka rakkaus pyrkii kulkemaan omia latujaan, niin joka tapauksessa rakkaus ja omaisuus jäävät kulkemaan käsi kädessä. Perintönä omaisuutta voi riittää jaettavaksi useille jälkipolville. Loppujen lopuksi kuitenkin vain maallinen mammona jää jäljelle, kun ihmiset ovat kadonneet.

- Tässä tilaisuudessa haluan esittää ja varsinkin, jos kuulolle on sattunut eksymään kansanedustajia, että tehtäisiin avioliittolakiin muutos, jossa otettaisiin huomioon arjen todellisuus avioliittojen kaikenkarvaisissa tilanteissa. Lakiin tulisi kirjata sellaisia käsitteitä kuin määräaikainen avioliitto, tilapäinen avioliitto, osa-aikainen avioliitto, avioliiton vuorotteluvapaa, vuosiloma ja avioliitosta kertyvä eläke. Tärkeätä olisi myös saada aikaan säädös toistaiseksi voimassa olevan avioliiton keskeytymättömästä enimmäisajasta, joka voisi olla vaikkapa 40 tuntia viikossa. Pätkäsuhteet tulisi myös ottaa huomioon viimeistään asetuksessa...

Megafoni tempaistiin Kossusen kädestä. Hulina yltyi eikä kukaan ollut pitkään aikaan kuunnellut tai kuullut Kossusen esitystä. Sitten Kossusta tartuttiin kädestä.

- Mitä? Minäkö kansanvillitsijä? Putkaanko tässä tuli lähtö? Älkääs ihmeessä! Eikö Suomessa olekaan sananvapautta? Hei, kuulkaas nyt...

Konsultti Hampus Kossunen napattiin eduskuntatalon portailta parempaan talteen eikä häntä nähty julkisuudessa pariin viikkoon.

# 6    Mystiikan kirpputori

Ennen rahakkaampien liiketoimien aloittamista Hampus Kossunen suunnitteli kirpputorin perustamista Läyliäisiin. Siihen olisi sopinut hyvällä paikalla sijaitseva kaarihalli. Vaikka tämä bisnesidea jäi suunnitteluasteelle, se oli kuitenkin hyvää kuivaharjoittelua tulevia liiketoimia ajatellen. Kirpputorin idean hahmottelu löytyi nuhruisesta kansiosta:

- Tervetuloa mystiikan maailmaan! Meiltä löydät parhaat portaat maailmankaikkeuteen. Meiltä löydät avaimet enkelten huoneisiin! Täällä voit olla osana isotrooppista olevaisuutta! Sadan euron rannekkeella voit viettää kaksi tuntia mentaalireservaatiossa!

- Kukapa ei tahtoisi elää terveenä ja nauttia makeasta elämästä? Ilman rajoja! Tässä nurkkauksessa saat voimaa maasta ja puusta! Voimaa saat, kun työnnät muutaman setelin voima-arkkuun puun juurella. Tunnet itsesi sitä voimakkaammaksi, mitä enemmän seteleitä arkkuun survaiset.

- Jatka matkaasi jooganurkkaukseen. Joogaa mielesi ja kehosi tarpeittesi mukaan! Aloita vaikkapa siilijoogasta. Siirry prinsessajoogaan ja jatka matkamiehen joogalla. Joogahetken voit lopettaa istumalla hetken pylväspyhimyksenä. Pudota muutama seteli tolpassa olevaan aukkoon. Jopa kaikkein salaisin toiveesi saattaa jossain vaiheessa käydä toteen!

- Hyvät ihmiset, katsokaa tänne! Täällä esiintyy ammattimainen meditoija. Hän harrastaa meditaatiota kaikissa tilanteissa. Kaiken tahdonvoimansa ja tietoisuutensa ponnistaen hän punoo vahvan suojamuurin terveytensä suojaksi. Miten hän uhkuukaan terveyttä ja elämäniloa! Osta häneltä ihmeparantujan käsikirja. Viidellä kympillä saat pikkujättiläiskirjasen, jonka luettuasi et tarvitse lääkäriä koko loppuelämäsi aikana!

- Lepää hetki univuoteellamme! Paina silmillesi katselulaite ja leijaile unisymbolien maailmaan. Kolmellakympillä saat cd-levyn, jolla on 300 erilaista unta selityksineen ja symboleineen. Kaupan päälle saat tuhannen ja yhden yön painajaisunikirjan, joka on lasten suuri suosikki.

- Tahdothan pitää myös vartalosi kiinteänä? Kokeile uusimpia polku-, veto-, työntö-, nosto-, hieronta-, tärinä-, värinä- ja vastaliikeaparaattejamme. Tee niistä kestotilaus! Saat kaksi kertaa kuukaudessa uusitut mallit suoraan kotiisi. Käyttäessäsi aina vain uudempia mallejamme voit olla vakuuttunut siitä, että elät ajan hermolla ja kehityksen kärjessä. Kehosi kiinteytyy itsestään vaikkapa TV:tä katsellessa. Kun teet kestotilauksen nyt, saat kaksi ensimmäistä laitetta yhden hinnalla!

- Tuokaa tänne myös lapsenne! Hallin takana on aitaus, jossa toimii parapsykokineettinen puuhamaa. Siellä lapsenne voivat tavata vampyyreita, ufoja, hattivatteja, ihmissusia ja kokea aitoa hylättynä olemisen kauhua. Ranneke maksaa vaivaisen kympin ja ranneketta vastaan saa syödä karkkeja niin paljon kuin vatsa sietää!

- Hallin päätyseinälle heijastetaan Kossusen luentoja, joita myydään niin ikään cd-levyinä ja kirjoina. Kossunen on sitäpaitsi luvannut itse näyttäytyä kirpputorin joulumyyjäisissä. Pikkujouluna odotetaan niin suurta ryntäystä, että asiakasmäärää joudutaan rajoittamaan. Myös aikuiset tarvitsevat silloin rannekkeen. Ranneke maksaa kolme kymppiä. Se on samalla arpalippu ja arvaa - jokainen arpa voittaa olutpurkin!

- Tervetuloa mystiikan kirpputorille!

# 7   Voihan vitsi!

Hampus Kossunen selvisi alkuvaikeuksista ilman pahempia traumoja ja pikkuhiljaa hän alkoi ymmärtää, minkälaiset temput lyövät leiville. Kuten alussa mainittiin, varsinainen onnenpotku sattui aivan yllättäen. Se tapahtui eräässä kapakassa, kun Hampus oli jo kuivilla eikä koskenut tuoppiin. Hampus otti osaa vitsikilpailuun. Se oli jonkinlaista stand upin alkusoittoa. Hampus oli kerännyt vitsit suoraan vitsikirjoista.

Moneen kertaan kerrotut vanhat vitsit naurattivat pienessä pöllyssä olevaa väkeä juuri sen vuoksi, että vitsit olivat tuttuja. Ne piti vain kertoa oikealla tavalla. Hampus oli huomannut, että iskelmälaulajat ja luennoitsijat myivät esitystensä yhteydessä levytyksiään ja kirjojaan. Oli pikkujoulujen aika ja Hampus päätti satsata joulupukkivitseihin. Samalla hän voisi myydä myös itse väsäämiään hassuja joulukortteja ja vitsikirjoista kokoamaansa monistetta.

- Hyväää Pikkujoulua kaikille! Joulu juhlista jaloin, pikkujouluista kontaten!

- Ha, ha, ha, ha!

- Minut kutsuttiin tänne mukaan, kun olen niin pukin näköinen, joskaan en yhtä pahantapainen.

- Aah, haah, ho, hoo!

- Varsinaista joulupukkia minusta ei saa tekemälläkään. Hih, hii! Pahin puutteeni on sama kuin sillä entisellä miehellä, joka valitteli kaverilleen, ettei hänestä ole joulupukiksi, kun ei ole siihen hommaan tarvittavia lahjoja.

- Ha, ha, ha, ha!

- Osaan kyllä hymyillä samalla tavalla kuin joulupukki ja siihen on myös sama syy. Me molemmat tiedämme, missä tuhmat tytöt asuvat.

- Aaaah, haah, ha, ha, haa!

- Kuka teistä muistaa sen, joka ei ole koskaan nälkäinen jouluna? No, sinä siellä muistat. Se on joulukalkkuna. Kalkkuna on aina täytetty.

- Ooh, hooh, hoo, ho!

- Siitäpä tulikin mieleeni vitsi hienostorouvasta, joka päätti ostaa kalkkunan jouluksi. Hän hypisteli Stockmannin herkkuosastolla kalkkunaa ja kysyi: Onkohan tämä varmasti tuore? Vai tuore? Hyvä rouva, jos vielä hetken jatkatte tuota sydänhierontaa, se lentää ovesta ulos!

- Hyi, he, hee!

- Mitkä muuten ovat parhaat jouluvalot? Joo, kyllä ne on anopin auton takavalot!

- Hooo, ho, hoo, hah!

- Joulupukki on niin vanhanaikainen, että liikkuu porolla. Tiedättekö miksi pukki ei koskaan anna apulaistensa valjastaa poroa? Niin juuri, ne pienet apulaiset ovat ihan tonttuja!

- Hiii, hi, hi, hi, hi, hii!

- Pieni mainoskatko! Täällä on erityisiä joulukortteja vielä muutamia myymättä. Pitäkää kiirettä. Esityksen jälkeen pöytä on tyhjä!

- Ja niinhän se on, että jos joulupukki ei enää usko itseensä, hänen on parasta mennä psykiatrin juttusille.

- Hö, hö, höö!?

- Usein
joulupukki on
loppumatkasta
niin väsynyt, että
konttaa
huoneeseen. Siitä
ei tarvitse olla
huolissaan. Pukin
toimenkuvaan
kuuluu käydä
vähän väliä
kontillaan.

- No, jaa, jaa, joo!

- Mitäs täältä
kontista vielä löytyykään? Pieni nippu kesäisiä joulukortteja!
Kortissa pukki jakaa vielä juhannuksena lahjojaan Läyliäisten
Seurojentalon pihalla. Se johtuu siitä, että osa tontuista oli joulusta
asti ollut istumalakossa ja pukilla meni vähän ylitöiksi.

- Tap, tap, tap!

# 8 Organisaatio muutosprosessissa oli luento, joka antoi Hampukselle siivet

Organisaation muutosprosessi oli aihe, joka kiinnosti yhtä hyvin niin yksityisen sektorin kuin julkishallinnonkin johtoporrasta. Hampuksen kyvyt huomattiin. Hän osasi hurmata firmojen ja laitosten työntekijät ja toimihenkilöt. Siitä toden totta myös maksettiin. Hampus alkoi saada tilauksia monenlaisiin tilaisuuksiin. Hänen oli myös pakko ruveta kutsumaan itseään konsultiksi.

Varsinkin julkishallinnolle osoitetut palkkiolaskut saattoivat olla niin suuria, ettei niitä voinut allekirjoittaa kuka tahansa. Huikeasta luentosarjasta on muistissa vain pieniä murusia, sillä Hampus ei milloinkaan kirjoittanut koko luentoa paperille. Hän piirteli vain aiheita, käppyröitä, vinkkejä ja viiksiä paperilappusille. Lappuset ovat kadonneet.

Parhaimpina päivinään Hampus sävelteli organisaation muutosprosessista ja henkilökunnan muutosvastarinnasta jos minkälaisia aarioita:

...elikkä kerrataan vielä. Tämän päivän aiheena on ollu niinku organisaatio muutosprosessissa ja siihen liittyy tuo... tämä henkilökunnan muutosvastarinta. Elikkä lähtökohtaisesti meidän pitäisi siis fokusoida niinku useisiin keissehin samanaikaisesti, mutta jutun core tai niinku fokus on siinä, että samalla agendalla on siis menossa... niinku vaikka mitä muuta sälää. Elikkä näissä puitteissa sitten mennään, että ei mitään... ja näillä mennään.

- Elikkä kun toimistotyöntekijältä otetaan tuoli alta, niin heti ollaan ideoimassa... niinku vaikka työpöytää, jonka tasoa voisi säätää ylös- ja alaspäin. Hei, mutta miksi innovatiivisuus herää vasta tässä vaiheessa? Eikö nyt tarvittais myönteistä asennetta? Elikkä niinku tässä tilanteessa, että työtä voi tehdä myös seisten ja vähän kumarassakin ja rillit huurussa.

- Elikkä tärkeintä on ymmärtää, että organisaatiot on puhtaasti vain niinku... pelkkiä organisaatioita. Niitä voidaan muuttaa koko ajan niinku ja kaiken aikaa. Ei ole mitään näyttöä siitä, että muutokset ja muutosten muutokset organisaatioissa aiheuttaisivat häiriöitä perättäisissä työprosesseissa. Muutos on osa luonnossakin tapahtuvaa niinku jatkuvaa muutosta. Se on liikettä, joka pitää työprosessit notkeina.

- Elikkä tuossa aikaisemmin mainitsemani sälä tarkoittaa, ettei niinku kuitenkaan ole suotavaa, että samassa organisaatiossa on menossa useita muutosprosesseja samanaikaisesti, jos ne vaikka toimivat vastakkaisiin suuntiin elikkä eivät keskustele toistensa kanssa, niinku tiedä toisistaan mitään. Riskinä on, että joudutaan heiluri-liikkeeseen elikkä... niinku monta heiluria alkaa lyödä epätahdissa. Tällöin organisaation ylin johto alkaa tulkita tilannetta siten, että kysymyksessä on henkilökunnan muutosvastarinta.

- Mutta, mutta, mitä muuta muutosvastarinta voisi ollakaan? Eiväthän alaiset voi koskaan nähdä kokonaisuutta. He vain ihmettelevät, että mitä? Miksi huonejärjestyksiä muutetaan koko ajan, vaikka tehtävät pysyvät ennallaan? Kaikki juoksevat koko ajan vastakkaisiin suuntiin ja työt kasaantuvat.

- Elikkä se on niinku yleisin tilanne, kun organisaatioiden rakenteita muutetaan. Ja kun niinku... johto tulkitsee tilanteen aivan oikein, että henkilökunta ei pysty sisäistämään muutosten tarpeellisuutta elikkä... siis alaiset ovat aivan kuutamolla.

- Lähtökohtaisesti pieni organisaatio muodostuu tikapuista, jotka voidaan kääntää niinku vaikka ylösalaisin. Elikkä ne vaan toimivat sittenkin.

- Suuressa organisaatiossa on paljon tikapuita ja ne järjestyvät aina pyramidin tai vaikka niinku kartion muotoon. Elikkä kannan muodostaa suuri joukko pieniä tikapuita, jotka on tarkoitettu pienipalkkaisille työntekijöille. Huippua kohti pyramidi kapenee kerroksittain ja tikapuut harvenevat, palkat ja palkkiot nousevat... ja myös kiipijät harvenevat.

- Huom! Nyt se tärkeä asia, jota ei aina tajuta. Sitä ei voi selittää, se pitää vain ymmärtää. Jos iso organisaatio... siis pyramidi laajasta kantaosasta alkaen täytetään pitkillä tikapuilla, jotka ulottuvat huipulle asti, ei huipulla jää tilaa kenellekään. Kaikki yrittävät kuitenkin lähteä kiipeämään. Mitä ylemmäs päästään, sitä kovempi tungos. Syntyy tilanne, jossa kukaan ei pääse mihinkään. Kuka johtaa, kun huipulla on täysi sumppu? Kuka tekee työt, kun kaikki vain kiipeävät? Sehän on täysi kaaos!

- Organisaatio ei voi myöskään olla niinku kärjellään seisova pyramidi, vaikka niin on joku väittänyt. Se vain on sula mahdottomuus. Sen tietää Pupu Tupunakin. Organisaatio ei voi myöskään olla laatikko, pallo tai plätty. Tarviiko edes selittää?

- Periaatteessa organisaation rakenteen on aina noudatettava klassisen orjayhteiskunnan kaavaa. Sulavasta jäävuorestakin vain huippu pysyy pinnan yläpuolella ja... on niinku päivänvalossa. Veden pinnan alla näkyvyys tietenkin hämärtyy mitä syvemmälle mennään... niin, niin, vaikka painoarvo on juuri siellä pinnan alla. Se on siellä ja siellä se myös pysyy...

- Elikkä kun perusorganisaation muoto on pyramidi, niin sen muutosprosessit eivät koskaan muuta pyramidin habitusta tai niinku kartiomaistakaan muotoa. Elikkä muistakaa nyt ainakin tämä, että siis organisaatio ei voi olla mikään plätty, kuutio, ympyrä, pallo tai edes lieriö!

- Elikkä lähtökohtaisesti organisaation on aina oltava pyramidi! Sen ymmärsivät muinaiset egyptiläisetkin, vaikka hautasivat kuolleet faaraonsa pyramidien uumeniin eivätkä huipulle. Pyramidien siluetit näkyivät kuitenkin kauas ja vahvistivat elossa olleiden faaraoiden valtaa.

- Oh, miten kello rientää! Elikkä se on tässä... tämä niinku tällä kertaa. Elikkä näillä mennään.

- Kiitos, kiitoksia paljon, kiitos!

Kossunen Consulting takoi kuumaa rautaa. Parin päivän koulutuksesta Hampus Kossunen laskutti kymmeniä tuhansia firmoilta ja laitoksilta, joissa henkilökunnan muutosvastarintaa nujerrettiin. Se oli kuin Don Quijoten ja Pancho Villan taistelua tuulimyllyjä vastaan silloin, kun organisaation muutos oli kuumassa vaiheessa.

Kossunen oli käännättänyt ja monistanut itselleen amerikkalaisten gurujen johtamistaitoja käsitteleviä kirjoja ja muita monisteita. Koulutustilaisuuksista alkoi olla niin paljon kysyntää, että Kossusen oli pakko pestata kouluja käyneitä pelimiehiä avukseen. Vähitellen hän pääsi itsekin levähtämään ja lomailemaan etelän auringossa. Siellä hän sai ajatuksen, että myös yhteiskunnalliseen toimintaan voisi päästä vaikuttamaan tarjoamalla ajatuksiaan erilaisten yhdistysten ja järjestöjen puuhamiehille poliitikkojen saunailloissa.

# 9 Oma päänuppi vaalikoneena

Hampus Kossunen sai vihiä, että poliitikot olivat kiinnostuneita hänen tavastaan luennoida. Kossunen haistoi, että siitä saattoi löytyä markkinarakoa ja hän alkoi toden teolla perehtyä politiikkaan.

Erääseen paperilappuseen oli jäänyt Kossusen yritys selkiinnyttää omia poliittisia näkemyksiään ja näin Kossunen oli ajatellut:

"Etsin omalla vaalikoneellani ehdokasta eduskuntaan. Koneeni antaman tuloksen perusteella laskeskelen, että itseni kanssa samansuuntaisesti ajattelevista ehdokkaista 30 % kuuluu kategoriaan muut puolueet! Loput 70 % jakaantuvat seuraavasti: vihreät 11 %, vasemmistoliitto 10 %, kokoomus 10 %, demarit 9 %, keskusta 9 %, ruotsalaiset 7 %, kristilliset 7 % ja perussuomalaiset 7 %.

Olen siis nykyhallituksen linjoilla 37-prosenttisesti, mutta samalla olen opposition linjoilla 33-prosenttisesti. Lisäksi haluan perusteellista remonttia politiikkaan 30-prosenttisesti. Tunnenko harhaisuutta kolmeen suuntaan? Eniten samaa mieltä kanssani on hallituspuolueen nuorehko ehdokas, jota en tunnista kovin hyvin valtakunnanpolitiikasta. Muista kahdestatoista eniten kanssani samaa mieltä olevasta ehdokkaasta kolme sattuu ilahduttavasti kuulumaan suosikkeihini: kaksi nykyistä ministeriä ja yksi entinen.

Ketä minun tulisi äänestää oman vaalikoneeni antaman tuloksen perusteella? Pitäisikö äänestää puolueen vai henkilön perusteella? Voiko mielipiteiden perusteella ylipäänsä määritelllä puoluekantaa? Puoluekannan lukitsee vain jäsenkirja. Jos äänestän omaa ykkössuosikkiani, joutuuko hän valituksi tultuaan kuitenkin tekemään ratkaisunsa sen mukaan, mihin puolueeseen kuuluu? Yksityisesti hän voi ainakin vihjaista olevansa samoilla linjoilla kuin vaalikoneessa antamissaan vastauksissa. No, perusteensa kullakin.

Joudun nyt heittämään vaalikoneeni tuottamat tulokset roskakoriin. Hupsista vaan ja se siitä!

Äänestäjällä on valta äänestää ketä äänestysalueensa ehdokasta hyvänsä. Sitä asiaa ei kuulu muiden tietää. Päätän siis toimia näin:

Valintani perusteeksi riittävät kirkkaat silmät, kaunis hymy ja hyvä ryhti. Tätä ei saisi sanoa ääneen, mutta tulen aina puoluekannasta riippumatta äänestämään kaikkein kauneinta naisehdokasta. Niin ja jos riittävän kaunista naista ei ole ehdolla, äänestän miestä, jonka puoliso on miesehdokkaiden puolisoista kaunein.

# 10 Toimittajat ilkeilevät konsultti Kossuselle

Hampus Kossunen joutui aikoinaan toimittajien silmätikuksi, kun hän yritti tarjota medialle artikkeleita Talvivaaran kaivoshankkeita koskevista havainnoistaan. Erään paikallislehden kesätoimittaja ja tilapäinen avustaja tavoittivat Hampus Kossusen Helsingin Länsisataman terminaalista. Kossunen oli lähdössä luentomatkalle lahden taakse.

- Kossunen! Olisiko hetki aikaa?

- Niin?

- Kerroitte viime perjantaina lehtemme koulutustilaisuudessa, että olette henkilökohtaisesti käynyt tekemässä omia tutkimuksianne Talvivaarassa.

- Jaa, kyllä kävin.

- Tutkimme toimituksessa asiaa ja tulimme siihen tulokseen, että olette tutkinut Ruohokorven Talvivaaraa, joka kuuluu Juukaan. Se sijaitsee 170 kilometrin päässä Sotkamon Talvivaarasta, jossa kaivoksen toimet ovat joutuneet myrskyn silmään. Erehdyittekö paikasta vai oliko se tahallista?

- Että mitä? Entä sitten? Kyllä minä tiedän, että Juuka ja Sotkamo ovat kaksi eri asiaa.

- Annoitte ymmärtää, että kävitte Sotkamossa.

- En minä ole Sotkamoa maininnut kirjoituksessani lainkaan. Olen kertonut vain Talvivaarasta.

- Ymmärsittekö erehtyneenne Talvivaarasta vai ettekö ymmärtänyt?

- Olin juuri siellä, missä olin. Havaintoni ovat juuri sieltä, mistä ovat. Mitä ihmettelemistä siinä on? Ottakaa asioista selvää ennen kuin alatte kysellä turhia. Tarkistakaa itse omat väitteenne! Minulla on kiire laivalle.

- Kuulkaapas konsultti Kompus Hassunen, tehän johdatatte ihmisiä tietoisesti harhaan.

- Kuka sen sanoi? Kuka puhui tietoisesta harhauttamisesta? Puhuiko joku setä Hassusesta? Vedän teidät ja koko toimituksenne oikeuteen julkisesta halventamisesta! Joka sorkan!

- Älkää nyt vaihtako puheenaihetta herra Kossunen! Kenen asioilla te oikein liikutte? Kuka sponsoroi luentojanne? Mistä ihmeen aiheesta menette ulkomaille luennoimaan?

- Teillä tuntuu olevan aikaa kysellä, mutta minulla ei ole aikaa vastata kysymyksiinne. No, joka tapauksessa luentoni aihe on "Terve yrittäjyys terveessä ympäristössä".

- Ovatko luentonne lähteinä teidän omat tutkimuksenne?

- Luentoni lähteet eivät kuulu toimittajille! Tuliko tämä selväksi? Nyt on todella kiire laivaan! Kiitos haastattelusta!

- Kossunen, Kossunen! Taskustanne putosi papereita! Odottakaa Kossunen!

Kossunen oli kuitenkin mennyt eikä kuullut eikä halunnut kuulla mitään. Kesätoimittaja ja avustaja jäivät tutkimaan paperilappuja.

Yhdessä paperissa oli Aalto-yliopiston professorin tekstiä siitä, miten kaivostoiminta pilaa aina luontoa:

Kaivosyhtiö voi ajautua konkurssiin, jos tuotantoa ei jatketa. Raskasmetalleja ynnä muuta sisältävä jätevuori vuotaa ympäristöön useita vuosia. Jälkihoito tapahtuu silloin veronmaksajien rahoilla.

Oma kommentti:

Mitä johtopäätöksiä tästä voi tehdä? Ilman ympäristövahinkojakin kaivoksen kuin kaivoksen toiminta lakkaa 50 vuoden kuluessa. Ennen sitäkin kaivosyhtiö lopettaa tuotantonsa heti, kun toiminta käy kannattamattomaksi tai parempi kaivosalue tulee näköpiiriin. Jälkihoito jää aina veronmaksajille.

Toisessa paperissa tuntui olevan pelkästään Kossusen omia ajatuksia:

Tietenkin on niin, että jos jätevuoret kasvavat muutamassa vuodessa hallitsemattomiksi, niin 50 vuoden kuluessa ongelmat vain pahenevat. Jälkihoito jää silloin lastenlasten maksettavaksi. Olisiko asia moraalisesti tai eettisesti paremmin puolusteltavissa, jos kysymyksessä olisi valtion omistama yritys? No, ei tietenkään. Silloinkin jälkihoito jäisi veronmaksajien rahoilla hoidettavaksi tai paikallisten asukkaiden ikuiseksi kiusaksi. Paikalliset asukkaat voivat aina ottaa jalat alleen ja muuttaa muihin maisemiin. He voivat aloittaa elämän jossakin aivan muualla. Vaihtelu virkistää. Se on hienoa! Kaivostoimintaa on joka tapauksessa harjoitettava siellä mistä malmia löytyy.

Nyt useampi ministeriö seuraa asiaa, jonka lopputulos on itsestäänselvyys. Toteutuessaan ympäristöriskit kaikkine sivuvaikutuksineen käyvät aina veronmaksajien kukkarolle. Vaihtuvien ministereiden kypäristä tai pipoista voi lukea entisten ja uusien kaivosyhtiöiden nimet. Osakkeenomistajat vaihtuvat moneen kertaan. Maailma muuttuu kaiken aikaa. Varmaa on vain se, että kaivostoiminta loppuu viimeistään silloin, kun kysyntä hiipuu tai kaivettava loppuu. Tuottoisankin kaivostoiminnan muistomerkiksi jää vain runneltu maisema.

Kaikenlainen muukin ympäristön sotkeminen jää aina valtioiden ja jälkipolvien hoidettavaksi. Ihmiset ja yritykset syntyvät, elävät ja kuolevat, mutta uudet sukupolvet ja valtiot elävät. Ei Suomi tai mikään muukaan valtio siinä suhteessa tee poikkeusta.

Pohjimmiltaan kaivostoiminta on aina ollut ja tulee aina olemaan "tervettä yrittäjyyttä terveessä ympäristössä". Se, miltä ympäristö näyttää toiminnan loppumisen jälkeen, ei kuulu tämän luennon piiriin.

# 11  Tutkimukset Talvivaarassa

Ja toden totta, Kossunen oli kuin olikin menossa luennoimaan kaivosyhtiöiden toiminnasta yleisellä tasolla. Myöhemmin osia Kossusen Savon Sanomissa julkaistavaksi tarkoittamasta kirjoituksesta löytyi hänen kirjoituspöytänsä laatikosta. Niissä hän ilmaisi huolensa kaivostoiminnan Suomessa saamasta käänteestä, kun väitettiin, että kaivosten jätevesiä juoksutettaisiin vesistöihin.

Jokien varsilla ja järvien rannoilla asuvat ihmiset olivat käärmeissään siitä, että heille koituvaa haittaa vähäteltiin eikä epäkohtien korjaamisesta ollut toiveita lähimpien sukupolvien aikana. Kossusen mukaan kysymys on vain siitä, että ihmiset eivät ole tietoisia uudenaikaisen tekniikan mahdollisuuksista luonnon suojelemiseksi. Ihmisten mieliä voisi rauhoittaa, jos he lukisivat tarkkaan yhtiöiden esitteitä. Niissä kerrotaan yhtiöiden toiminta-ajatuksista, toimintaperiaatteista ja suunnitelmista, joiden avulla yhtiöiden olemassaoloa perustellaan.

Satoja suomalaisia uhkaa todellakin työpaikkojen menetys ja luonnon pilaantuminen jatkuu, ellei kaivostoiminta voi jatkua. Ulkomaiset sijoittajat kaikkoavat, jos kaivostoiminnalle asetetaan liian tiukkoja vaatimuksia. Muutamat kunnanjohtajat tosin väittävät, että valtauksia koskeva lainsäädäntö antaa ulkomaisille sijoittajille puoli-ilmaisen tuoton ja verottaja jää nuolemaan näppejään. Kossusen mielestä huoli on ennenaikaista, sillä lainsäädäntöä voidaan toki muuttaa.

# 12 Kossusen omakohtaiset havainnot kaivostoiminnan vaikutuksesta luontoon

Kossusen oli sisimmässään myönnettävä, että hän oli erehtynyt tekemään omia tutkimuksiaan väärän Talvivaaran maisemissa. Hän uskoi kuitenkin saavansa kaivosyhtiöltä ja ehkä valtioltakin sievoiset rahat tutkimuksistaan, jotka osoittaisivat kaivostoiminnan salonkikelpoisuuden. Toimittajien havaittua Kossusen tehneen tutkimuksiaan väärän kunnan alueella hänen idealtaan putosi pohja.

Myöhemmin Kossusen käteen sattui Talvivaaran kaivosyhtiönkin oma esite, jossa yhtiö perusteli toimintaansa useissa kohdin samoilla argumenteilla kuin Kossunen. Samoilla linjoilla olivat myös vastuussa olevat ministerit. Kossusen oli pakko kaivaa esille läppäriin kirjoittamansa havainnot, joita hän oli kerännyt omien tutkimustensa tueksi väärässä Talvivaarassa. Ne osoittivat, että esitteessä luonnonsuojelua koskevat kohdat eivät ainakaan riippuneet siitä, mistä Talvivaarasta oli kysymys:

- Toissaviikon torstaina puolilta päivin saavuin omalla autollani alueelle nähdäkseni omin silmin, miten kaivostoiminta sujui.

- Kääntyessäni Savikyläntieltä Ruohokorven suuntaan sain ihmetellä, miten ihanan rauhallista seutua luonnonkaunis Talvivaara saattoi olla. Tuntui kuin mitään kaivostoimintaa ei olisi mailla halmeilla. Aloin todella tuntea vihaa luonnonsuojelijoita kohtaan kun he mäikästivät, ettei alueella päästetä vapaasti liikkumaan. Eihän täällä ollut yhtään estettä, ei vartijan vartijaa!

- Löysin pienen puron, jossa lirisi kirkasta vettä. Aikomukseni oli ottaa purosta vesinäyte pulloon, mutta vesi oli niin kirkasta, että maistoin sitä. Vesi oli raikasta ja hyvää. Mitään näytettä ei tarvinnut ottaa. Miksi ELY-keskustakin haukutaan? Pitäisikö tämänkin puron veden olla vielä raikkaampaa?

- Jostakin lehdestä olin aikaa sitten lukenut, että viimeinenkin asukas on saatu häädetyksi Talvivaarasta ja hänen mökkinsä rouhittu kaivinkoneella tuhannen päreiksi. Täällähän näitä mökkejä on vieläkin ja elämä näyttää rauhaisalta. Yleensä käy niin, että vanhat mökit autioituvat ja lahoavat itsestään. Ei siitä pidetä suurta meteliä. Autoradiosta kuulin, että jokin kohua aiheuttanut vuoto on tukittu. Mitähän täällä nyt taas vouhotetaan? Jos maasta kaivetaan jotakin ja sitten maahan pääsee vuotamaan takaisin sitä, mitä sieltä on kaivettu, niin mitä ihmeellistä siinä on? Täällä minä poimin puolukoita ja hyviltä maistuvat.

- En näe mitään vuotoja. Jos joitakin vuotoja silloin tällöin pääsee tulemaan, niin kyllä niistä huomautetaan. Vuodot tutkitaan ja niistä annetaan selvitys. Kaivostoiminta on kymmeniä vuosia kestävä projekti. Kaikenlaista sattuu vuosien mittaan. Kyllä ne lannoitetut pellot, paperitehtaat, ydinvoimalat, valtatiet, lentokentät, asutuskeskukset, kesämökit ja muut myös vuotavat. Kaikki vuotavat. Mitkä mihinkin vuotavat.

- Maailmalla vanhat kaivosalueet ovat kaameita paikkoja. Sen sijaan Suomessa jätökset tullaan maisemoimaan ihaniksi jatkuvan kasvun keitaiksi. Suomessa viitoitetaan tietä tulevaisuuteen, kestävän kehityksen viheriäisille niityille. Suomessa louhosta ympäröivistä metsistä otetaan näytteitä jopa muurahaisista. Mitään häiriökäyttäytymistä muurahaisissa ei ole havaittu - mutaatioista puhumattakaan! Ihmisten tulisi perehtyä paremmin yhtiöiden missioihin, arvoihin, strategioihin ja visioihin. Niissä on kaikki hyvä jo valmiiksi kirjattuna ja upeina värikuvina painettuna. Ulkopuolisen on turha tuhlata energiaa sellaisten asioiden tutkimiseen, joista on valmista dataa, tekstiä ja kuvaa kilometrikaupalla.

- Eikö ELY-keskuksella ole muuta tekemistä kuin antaa kymmeniä huomautuksia toiminnasta, jota toteutetaan viranomaisten itsensä antamien lupien mukaisesti. Varmasti selvityksiä on annettu yhtä paljon kuin niitä on pyydettykin. Päästökuormitusten korotuksiin on varmasti annettu lupia vain sen verran kuin on sillä kertaa ollut tarvetta. Lisälupia korotuksiin on annettu vasta sitten, kun on ilmennyt uutta tarvetta. Ei etukäteen eikä enempää kuin on pyydetty. Sillä tavoin toiminta pysyy laillisena ja myös valvonnan tarve kohtuuden rajoissa. Rajansa kaikella, kuten valvonnan resursoinnillakin. Ei ole ihme, että neuvottelut pidetään salaisina, kun ei ole mitään neuvoteltavaa eikä uutta kerrottavaa!

Pikkuhiljaa Kossusta alkoi mättäikössä tarpominen väsyttää yhtä paljon kuin koko tarkastusmatkakin. Tietenkin hän olisi halunnut nähdä satojen metrien syvyisen kraaterin, jonka halkaisija oli pari kilometriä. Olisi halunnut nähdä jätealtaat, turvapadot ja vara-altaat, valtavat maansiirtokoneet ja laitteet. Nyt ne saivat jäädä. Siihen olisi pitänyt vuokrata helikopteri, mutta jalkautuneena tosiasiat selvisivät paljon paremmin. Yhden omakustanteisen tarkastusmatkan osalle aineistoa oli kertynyt aivan riittävästi.

Autoon noustessaan Kossunen ajatteli, että johan aukeni kissanpojalla silmät! Hän ajoi lähimmälle huoltoasemalle kahville ja kirjoitteli läppäriin raportin, miten asiat todellisuudessa olivat. Samalla hän muisti poistaneensa kansiosta turhat paperit, joissa siteerasi erästäkin professoria. Kossunen oli työntänyt paperin palttoonsa taskuun, kun roskakoria ei ollut näkyvillä. Paperit olivat kadonneet, mutta hän muisti kuitenkin niiden tiimoilta oman ajatuksensa: Valtio maksaa sotkut, olipa asialla yksityinen tai valtion oma yritys.

Miten ne toimittajat kehtasivat jupista väärästä Talvivaarasta? Suomessa on siellä täällä Talvivaaroja. Pyhäjärviä on sitten paljonkin enemmän. Pääasia ei ole nimi vaan itse asia. Firmojen omistajat vaihtuvat. Firmojen nimet vaihtuvat. Joka tapauksessa olen siis oikealla asialla!

Reisi Sadamasta konsultti Hampus Kossunen oli lähettänyt tekstiviestin silloiselle tyttöystävälleen: Eestin maalla ollaan. Pari luentoa. Matkat maksettu. Täysi ylöspito. Kunnon palkkiot ja kättä päälle. Liikesalaisuus on pyhä asia.

# 13  Konsultti Kossunen laukoo kovilla

Eduskunnassa kuohui, kun poliitikot käntelivät takkiaan moneen kertaan Islannin ilmavalvontaa koskevassa asiassa. Sen vuoksi konsultti Hampus Kossunen oli kutsuttu luennoimaan tästä arasta aiheesta eduskunnan ulkoasiainvaliokunnan ylimääräisen istunnon jatkoille. Jatkoistunto pidettiin erään kellariravintolan kabinetissa suljetuin ovin.

- Pelko pois, hyvät herrat! aloitti Kossunen. Ei kannata hötkyillä! Suomelle on viimeinkin tarjottu mahdollisuus harjoitella ilmavalvontaa riittävän suuren ja rauhallisen merialueen yllä. Harjoittelualue on niin rauhallinen, ettei sitä tarvitse valvoa lainkaan, koska siellä ei ole havaittu tunnistamattomia lentokoneita sitten toisen maailmansodan. Sitä paitsi Suomen valvontavuoro on suunnitteilla tulevaisuudessa, josta kukaan ei osaa sanoa yhtään mitään. Kustannukset eivät paljon lisäänny verrattuna lentelyyn omassa ilmatilassa. Meluhaitta kotimaassa vähenee ainakin valvontatuntien verran. Samoin vähenee riski koneiden putoamisesta asutuille seuduille.

- Koneiden pitää tietenkin suorittaa valvonta aseistettuina. Pitäähän lentäjillä edes teoriassa olla mahdollisuus puolustaa itseään, jos kuviteltu vihollinen epätodellisessa tilanteessa käyttäytyy uhkaavasti. Emme kai ole hankkineet hävittäjiä, joilla lentämistä ei harjoitella, ja aseita joita emme osaa käyttää? On myös enemmän kuin luonnollista, että harjoitellaan yhdessä sellaisten asevoimien kanssa, joilla on kanssamme yhteensopivat vehkeet. Siinä suhteessa olemme jo puolemme valinneet. Mistään askeleesta kohti Natoa ei kannata puhua. Emme vain tiedä, kuka on vihollinen ja miltä suunnalta se hyökkää, koska viime sotien jälkeen vihollinen ei ole hyökännyt miltään suunnalta.

- Hyvät herrat! Kysymyksessä on puhtaasti yhteispohjoismaisen yhteistyön syventäminen. Tällä yhteistyöllä on tosi vanhat perinteet. Sen juuret johtavat ammoisten viikinkien aikakaudelta Suur-Ruotsin kuningaskuntaan. Vuosisatojen ajan vihollista oli etsittävä ympäri Eurooppaa. Vihollista oli etsittävä hyvinkin kaukaa omien asuinsijojen ulkopuolelta. Vihollista piti etsiä kaukomailta, jokien varsilta, merien rannoilta ja sieltä minne viikinkipaateilla vain pääsi ja mihin sitten myöhemmin kuninkaallinen jalkaväki jaksoi marssia. Vihollisten etsiminen ei tuhannen vuoden kuluessa ole miksikään muuttunut. Pahisten perään on mentävä! Rikkauksien perään on mentävä! Jos pahikset saavat rikkaudet käsiinsä, niin meidät hömpelö perii.

- Palatakseni vielä tähän päivään; Islannin ilmatilan valvonnassa on vain yksi todellinen riski ja se on tiedostettava. Ne harvat päivät, joiden aikana suomalaiset valvovat ilmatilaa, on pidettävä sotasalaisuutena. Valvontapäivät on voitava pitää niin salassa, etteivät tiedot vuoda vääriin käsiin. Teoriassa vainoharhainen mieli saattaisi kuvitella sellaisen epätodellisen tilanteen, että ennalta arvaamaton taho järjestäisi provokaatioharjoituksen Islannin ilmatilaan juuri Suomen valvontavuoron aikana. Provokaatioleikin varjolla sillä olisi mahdollisuus testata Suomen valmiuksia kaukana rajojemme ulkopuolella.

- Hyvät herrat! Turhat epäluulot on heitettävä mielestä pois! Meistä ei ole sotilaiksi, jos pelkäämme omaa varjoamme. Pää pystyyn ja teitä isäin astumaan! Kiitokset teille ja kiitos, kun sain samalla purkaa omia paineitani...

# 14 Pressan vaalit

Eräs törkylehti julkaisi artikkelin: Konsultti Hampus Kossusen terveiset presidenttiehdokkaille

- Arvoisat ehdokkaat, juontajat, kameramiehet, maskeeraajat ja muut kansalaiset! Tuskin mikään muu asia pystyy jakamaan kansan syvät rivit niin tasan kahtia kuin presidentin valitseminen. Sen vuoksi onkin paradoksaalista - jos kohta välttämätöntä, että valittu presidentti virkakautensa ajaksi julistautuu koko kansan presidentiksi. Se on presidentille yhtä kova pala nieltäväksi kuin koko kansalle uskottavaksi. Puntit menevät tasan.

- Osa kansalaisista haluaa presidenttiparin, joka on kansainvälisesti edustava, kielitaitoinen ja kaikin puolin hovikelpoinen, osa kansalaisista taas näkee presidentin mielellään torilla syömässä hernekeittoa!

- Monet kansalaiset pitävät presidentin tärkeimpänä tehtävänä arvojohtamista. Kaikkien arvojen sekamelskasta presidentin toivotaan kuitenkin korostavan vain niitä arvoja, jotka istuvat parhaiten juuri kunkin omiin etuihin ja varsinkin oman viiteryhmän etuihin. Kokokansan presidentin arvomaailmaan ei voi kuulua polkupyörävarkaiden jahtaaminen, kerjäläisten häätäminen, homojen kepittäminen, pankkien ja yritysten sosialisoiminen tai naapurivaltioiden vähättely.

- Presidentin arvomaailman arjessa on noustava helikopteriin ja oltava huolissaan varsinkin ihmisoikeuksista muualla maailmassa. On oltava huolissaan muiden maiden nihkeästä asenteesta ilmastonmuutoksen torjuntaan. On oltava huolissaan köyhyyden poistamisesta varsinkin muilta mantereilta. Kansalaisten mielipiteet menevät kovasti ristiin siinä, pitäisikö talkoot aloittaa omista vai naapurin nurkista. Presidentin on valettava öljyä laineille.

- Kansan valitsema presidentti oli ennen jonkinlainen valtionkirkon johtohahmo ja vieläkin hän istuu kirkossa eturivissä riippumatta siitä, mihin uskonnolliseen yhteisöön hän itse kuuluu tai mitä ideologiaa hän itse edustaa. Hän on puolustusvoimien ylipäällikkö, olipa suorittanut varusmiespalvelun tai ei. Hän hoitaa ulkopoliittisia suhteita, vaikka ei olisi kielitaitoa eikä edellytyksiä tai kykyä hoitaa suhteita tasapuolisesti itään ja länteen.

Kauppavaltuuskunnissa hän joka tapauksessa tukee aseita valmistavien yritysten ponnisteluja viennin edistämiseksi kriisialueille, sillä kriisialueiden rajat ovat joka tapauksessa vain veteen piirrettyjä viivoja ja muuttuvat vuodesta toiseen.

- Presidentti hoitaa asioita virallisesti ja epävirallisesti. Miespuolisella presidentillä on mahdollisuus jopa saunomiseen vaikutusvaltaisten valtiomiesten ja liikemiesten kanssa. Naispuoliselta presidentiltä tämä vaihtoehto puuttuu. Onneksi myös ihmisten välisissä suhteissa on mahdollista turvautua korvaaviin konsteihin, siis sitten kun keinot loppuvat. Onneksi myös epävirallisissa tilanteissa vaikeneminen voi olla kultaa. No, asiallisesti ottaen tarkoitan, että epävirallisissa tilanteissa virallisista asioista on syytä olla vaitonainen. Vuotoja sattuu. Sen vuoksi salaisiksi on hyvä leimata kaikki dokumentit, joiden sisällöstä ja tarkoituksesta ei kukaan ole täysin selvillä. Mieluiten 50:ksi vuodeksi.

- Lopulta kahtiajako terävöityy vaaleissa. Ensin on tarjolla monta ehdokasta omine arvoineen, sitten vain kaksi ehdokasta omine arvoineen. Tosiasiassa äänestyksessä on vastakkain kahden suurimman arvomaailman sekasotku. Onneksi kysymyksessä on henkilövaali. Taitava presidentti noukkii cocktailista suosituimmat arvot ja hyllyttää muut vastaisen varalle. Nimitysasioissa perimmäiset mieltymykset joka tapauksessa pääsevät oikeuksiinsa. Hyvällä onnella ja siististi elämällä kansan valitsemalla presidenttiparilla on kaikki mahdollisuudet säilyttää suosionsa virkakautensa loppuun asti ja jopa toiselle virkakaudelle.

- Seuraavat asiat on syytä pitää mielessä: Venäjän valtiota johdetaan edelleen samaan tapaan kuin tsaarien valtakaudella, vaikka vallanperimysjärjestys on muuttunut. USA:n presidentit eivät enää ole intiaanisodissa kunnostautuneita kenraaleja, vaan ihan oikeita miljonäärejä. Kuningasperheet eivät enää ole kokonaan siniverisiä eikä heitä pidetä jumalten edustajina maan päällä.

- Mannerheimin ja Paasikiven jälkeen eivät Suomen viimeisimmät presidentit - ehkä Koivistoa lukuun ottamatta - ole juurikaan osanneet venäjää, joten kaikilla suomalaisilla on nykyään yhtäläiset mahdollisuudet päästä presidentiksi. Että, siitä vaan kisaamaan ja lykkyä tykö!

# 15 Kossunen ehdottaa presidenttikollegiota

Kossunen osui päiväkävelyllään Vanhan Ylioppilastalon juhlasaliin, jossa ehdokkaiden vaalitaisto oli hyvässä vauhdissa. Hän kuunteli ehdokkaiden väittelyä:

- Minä sanoin jo 20 vuotta sitten, että asiat on otettava asioina. Minä, minä olen aina ollut asialinjoilla, minä. Kerroin jo silloin, että asioita ei saada kuntoon ilman minua... no, minä... ja saanko nyt sanoa loppuun... tiedän, miten asiat ovat ja miten niiden pitäisi olla, minä. Kiitos!

- Niin, mutta ensin pitää katsoa, mitä katsoo ja mihin katsoo... ei pidä kääntää katsetta ainakaan taaksepäin. On aina katsottava eteenpäin!

- Olen eri mieltä! Muiden vanhoista virheistä oppii parhaiten! Sen vuoksi pitää katsoa myös taaksepäin.

- Arvoisat ehdokkaat, pieni breikki! Yleisön joukossa näyttää olevan joku, joka on huitonut pitkän aikaa. Ilmeisesti hän pyytää saada kysyä jotakin. Te herra siellä, saatte minuutin puheenvuoron. Olkaa hyvä!

- Kiitos ja terve vaan kaikille! Minulla on uusi ajatus, johon haluan kuulla ehdokkaiden mielipiteen. Presidentti-instituutiota pitäisi muuttaa sillä tavalla, että kaikki ääniä saaneet ehdokkaat valitaan heti ensimmäisellä kierroksella presidenteiksi. Silloin vähemmistöön jäävän äänestäjän ääni ei mene hukkaan eikä loppupeleissä vastenmielisen ehdokkaan hyväksi. Lakeja pitää muuttaa siten, että yhden presidentin sijaan onkin monta presidenttiä eli presidenttikollegio. Eniten ääniä saanut toimii puheenjohtajana ja seuraavaksi eniten ääniä saaneet ensimmäisenä, toisena jne varapuheenjohtajana. Presidenttien yhteinen mielipide saadaan esille äänestämällä, jolloin kollegion enemmistön mielipide on presidentin mielipide. Kollegio edustaa koko kansaa tasapuolisesti.

- Presidentit voisivat sopia, kuka avaa valtiopäivät, kuka istuu kirkossa, kuka on missäkin esittelyssä ja kuka ottaa keitäkin valtiovieraita vastaan. Suomessa olisi aina toimiva presidentti, vaikka loput pressat olisivat lentelemässä ympäri maapalloa milloin minkäkin delegaation kärjessä. Presidentit voisivat asuttaa Mäntyniemeä, Tamminiemeä, Kultarantaa ja Linnaa... ja loput vaikkapa Kalastajatorppaa silloin kun ovat Helsingissä. Kun olisi käytettävissä useita presidenttejä, osa heistä voisi vuorollaan työskennellä kotiseudullaan kansan keskuuteen jalkautuneena. Virka-autotkin voitaisiin kierrättää niin, että vanhimmalla mersulla kyyditettäisiin vähiten ääniä saaneita ja... minulla olisi vielä ehdokkaille se kysymys!

- Minuutti meni jo, kaksikin minuuttia! Sorry, mutta mikkisi ei ollut päällä. Tänne kuului huonosti. Emme saaneet mitään selvää. Jatkamme täällä paneelikeskustelua ja pysymme asialinjoilla. Seuraava ehdokas...

- Kuten minä jo 20 vuotta sitten sanoin, niin asiat asioina. Kannassani olen pysynyt, minä.

- Mielestäni siinäkin tapauksessa pitää katsoa, mihin katsoo. Se on myös linjakysymys.

- Minä olen aina katsonut eteeni. Se on minun periaatteeni kaikissa asioissa.

Keskustelu Vanhalla jatkui, mutta Kossunen poistui takavasemmalle. Pari miestä, jotka sattuivat istumaan lähellä Kossusta, ihmettelivät keskenään:

- Mikä tyyppi tuo oli?

- Oletko nähnyt koskaan?

- En tunne. En ole nähnyt. Tekisi kansalaisaloitteen.

- Oli hänen ehdotuksessaan se järki, että silloin ei tarvitsisi hallitusta.

- Eikä eduskuntaa!

- Virkamieskuntaa pitäisi kyllä lisätä ja ...

Kossunen oli jo ulkona. Hän jäi Kolmen sepän patsaalle ihmettelemään, miten ahkerat sepät eivät 80 vuoden aikana olleet ansainneet sitä vähää, että olisivat saaneet työvaatteita päälleen...

# 16  Pizzerioiden hygienia

Kossunen joutui poliittisten mielipiteidensä vuoksi epäsuosioon. Niinpä hän koki jonkinlaisen aallonpohjan julkishallinnon aikaisemmin tilaamien esitelmienkin osalta. Hänen oli pakko ottaa vastaan sellaisia tilauksia, jotka eivät olleet yhtä rahakkaita. Niinpä Kossunen esitelmöi pienellä palkkiolla myös eräässä kokkikoulussa hygienian koukeroista:

- Huomenta vaan minunkin puolestani! Otin enemmän kuin mielelläni vastaan kutsun tulla kertomaan ravintoloiden hygieniasta juuri tänne teidän kouluunne. Rajaan luentoni koskemaan vain pizzerioita, mutta tehän voitte sitten ryhmätöissä laajentaa aihetta käsittämään koko palvelusektoria.

- Lähtekäämme liikkeelle historian hämäristä. Aikoinaan esi-isämme heittelivät toukkia nuotion hiillustaan ja söivät rapeita paistoksiaan sormin. Missä heidän kohdallaan hygienian ketju katkesi? Aivan oikein! Eivät he pesseet käsiään. Eivätkä tänä päivänä pese käsiään myöskään asiakkaat, esimerkiksi popcornien popsijat.

- Hunnit kypsensivät pihvinsä ratsastaessaan elikkä asettamalla lihan takapuolensa alle hevosen selkään. Oliko heillä aina housuja jalassaan ja jos oli, milloin ne oli pesty? Milloin hevosten selät oli pesty ja harjattu? Söivätkö sormin? Tuohon maailman aikaan ei hygieniapasseja kyselty, mutta eipä sitten kärsitty allergioistakaan!

- Menkäämme tämän päivän pizzerioiden arkeen. Liiketilat ovat pölyisiä ja keittiötilat ahtaita. Raaka-aineita säilytetään jos minkälaisissa kopperoissa, wc- ja siivouskomeroissa, homeisissa kellareissa, tiskien alla, rikkinäisissä jääkaapeissa ja tuhruisissa pakastealtaissa. Jauhopusseissa asuvat kuoriaiset. Lampaanlihojen alkuperämaa on salatiedettä. Mausteet voivat olla kymmenien vuosien kiertolaisia. Aivan oikein! Nämä seikat yhdessä saavat aikaan ne ihanat maut ja herkulliset tuoksut, jotka vetävät asiakkaita puoleensa kuin kärpäslakka kärpäsiä. Asiakkailla on kotoinen tunnelma, kun hygienia ei poikkea oman keittiön arjesta.

- Palvelu on joka tapauksessa läpinäkyvää, sillä toiminnot tapahtuvat suureksi osaksi asiakkaiden silmien alla. Pizzojen pohjat taputellaan alustalla paljain käsin, samoin sirotellaan lisäkkeet. So what? Pizza puhdistuu uunissa paistuessaan ja hygieniasta huolehtiminen onkin asiakkaan omissa käsissä! Pesevätkö asiakkaat syömään tullessaan käsiään? Voitte ryhmätöinä tehdä siitä ovenpieligallupin.

- Melko varmasti kaikilla pizzerioiden asiakkailla on omakohtaisia havaintoja siitä, miten asiakaspöydät, tuhkakupit, penkit, leivinalustat ja hyllyt pyyhitään yhdellä ja samalla rätillä, yhdellä ja samalla kierroksella. Useimmilla asiakkailla on myös omakohtaisia kokemuksia siitä, miten pizzasta tai salaatista on löytynyt hiuspinnejä, hakaneuloja, hammastikkuja ja muuta. Useimmat asiakkaat ovat vitsailleet toisilleen, että mahtavatko syömättä jääneet salaatit löytää tiensä uudelleen tarjottaviksi. Kierrätyksen piikkiin on myös luettava raaka-aineiden keräily torikauppiaiden roskiin jättämistä laatikoista. Mutta te olette vielä niin nuoria, että en rupea hämmentämään ajatuksianne havainnoilla, jotka liittyvät pizzerioiden kilpailukykyyn ja tuottavuuden perusteisiin. Se aihepiiri kuuluu liiketalouden tunneille.

- Lopuksi totean vain, että pizzerioiden toimintaa kontrolloiva lainsäädäntö ja tiukka viranomaisvalvonta takaavat sen, että asiakkaat voivat huoletta nauttia pizzerioiden herkuista. Tästäkin puolesta oma opettajanne kertoo tarkemmin.

- Katsos vain, alkaakin olla jo lounasaika, joten lähden tästä syömään! Kulman takana on kiva pizzeria. Lempiruokani on riisikebab! Hyvää päivänjatkoa ja menestystä tentteihin!

# 17 Konsultti Kossunen erään puolueen saunaillassa

Joku puolueen kellokkaista oli kuullut konsultti Kossusesta. Niinpä puoluemiehet päättivät kutsua Kossusen saunailtaansa, jonka teemana oli oman puolueen presidenttiehdokkaan evästäminen.

- Arvoisa puolueväki! Ensiksikin haluan kiittää teitä siitä, että minut on maksettu opastamaan teitä menestyksellisen vaalikampanjan saloihin... ja ennen kuin pääsemme varsinaiseen asiaan eli makkaranpaistoon avotakan hiillustalla... kerron teille, mitä äänten kalastelussa on otettava huomioon tulevassa mittelössä.

- Sääntö numero uuno: Älkää lausuko mitään sellaisista asioista, joille ette mitään voi tehdä, mutta joiden kanssa tulee kuitenkin elää. Kuitenkin, jos tulee makea paikka muiden puolueiden haukkumiseen niistä samoista hankalista asioista, niin antaa soittaa ja oikein sydämen kyllyydestä!

- On hyvä pitää mielessä, että kaikki ihmiskunnan asiat ratkeavat 100 000 vuoden kuluessa itsestään, sillä nykyihmistä ei silloin enää ole pitkiin aikoihin ollut olemassa. Sillä tahdon sanoa, että ei sellaisia aiheita ylipäänsä kenenkään pitäisi pohtia. Esimerkiksi ydinjätteille turvallista loppusijoituspaikkaa eivät löydä edes saksalaiset insinöörit. Sen vuoksi ydinjätebisnes on syytä jättää mafiosojen huoleksi. Kääntäkää katse ja keskustelu aina muualle, kun joku höntti kyselee typeriä asioita, joihin kenelläkään ei ole vastausta.

- Ylipitkän aikajänteen jutut ovat uskonasioita. Uskonasioissa olkaat vakaat ja hillityt. Vaikka ette itse uskoisi pääsevänne lunastettujen joukkoon... mihin äänestäjistäkin vain harva yltää... niin pyrkikää toimimaan edes sillanrakentajina niille, jotka kilvoittelevat. Enempi uskosta puhuminen jättäkää papeille!

- Suomea ympäröi Venäjä, Baltian maat, Puola, Saksa ja Pohjoismaat. Varokaa kumartamasta liian syvään yhteen suuntaan, sillä samalla joudutte pyllistämään vastakkaiseen.

- Naton kanssa olkaa varovaiset, sillä Suomessa ei ainakaan vielä ole niin merkittävää määrää terroristeja, että Nato lähtisi niitä pommittamaan.

- Suomettuminen USA:n suuntaan tuo lunta tupaan samaan tapaan kuin oli laita Neuvostoliiton kanssa. Pidämme kuitenkin lippua korkealla. Emme spekuloi sillä epätodennäköisellä tilanteella, että USA romahtaisi.

- Venäjän kanssa on edelleen oltava silmä ja korva tarkkana, vaikka emme Venäjää tunne, emmekä venäjää osaa.

- Kiinalaisten miljardöörien bisnekset tavoittavat meidät pyytämättäkin. Kehuskelkaa vieraitannne! Olkaa hyvä kamu! Varautukaa kertoilemaan harmittomia vitsejä!

- Minnekö rahat maailmasta ja Euroopasta katoavat? Älkää menkö kertomaan, että keskuspankit painavat rahaa tarpeen mukaan! Älkää paljastako, että pankkien kassaholveissa ei oikeasti ole rahaa, vaan pankeilla on oikeus antaa lainaa, joka muuttuu rahaksi vasta sitä mukaa kuin velallinen maksaa saamaansa lainaa takaisin. Älkää veistelkö, että valtioiden kultavarannot ehkä ovat koskemattomat. Älkää spekuloiko sillä, että yksityiset ja julkiset kiinteistöt, laitokset, yritykset, kulkuneuvot ja tavarat ovat olemassa ja jäävät olemaan riippumatta siitä, minkä arvoisiksi ne kulloinkin arvostetaan.

- Älkää ihmeessä lähtekö epäilemään, että valtiot ja poliitikot toimivat markkinavoimien ehdoilla, että harmaa talous ohjaa tervettä taloutta ja että kestävä kehitys tarkoittaa uusien markkinoiden etsimistä samalla tavalla kuin löytöretkeilijät kartoittivat teitä valloittajille ja sonnilaumat etsivät laidunmaita. Nykyihminen tietää, että maapallon laidunmaat ovat rajalliset, pyrstö liikuttaa yhtä lailla silakkaa kuin valasta. Lopulta pää jää vetäjän käteen.

- Kuules Kossunen! Kyllä nämä tabut tiedetään! Puhut sellaisista asioista, joista et voi tietää sen enempää kuin mekään. Kerro nyt jotakin, mistä mielestäsi voimme puhua!

- No, juu... juu... olen juuri tulossa siihen. Sääntö numero tvåå: Vedotkaa ihmisten maalaisjärkeen ja velvollisuudentuntoon! Töitä on tehtävä suurella sydämellä! Kiitos seisoo lopussa, siis vasta kaiken lopussa, loppujen lopussa ja se on samalla myös kaiken uuden alku - onnenkantamoinen ja kaukoranta!

- Kertokaa, että EU:ssa olemme vahvempia kuin erillään. Aivan samoin olemme yhdessä enemmän kuin yksinään. Kertokaa, että Euroopan ahdingosta on kaikkien kannettava yhteistä huolta.

Mureneva yhteisö veisi meiltä työpaikat, sulkisi pankit, lakkauttaisi eläkkeet ja romuttaisi sosiaaliturvan.

- Kertokaa, että Suomessa asiat ovat paremmin kuin muualla maailmassa ja että se on pelkästään meidän omaa ansiotamme. Voimme nauttia kaikesta hyvästä niin kauan kuin jaksamme olla ahkeria, suvaitsevaisia ja pitää huolta toinen toisistamme.

- Kertokaa, että meillä on yhteinen arvomaailma. Meillä on sananvapaus. Elämme oikeusvaltiossa. Ahkeruus tuottaa meille kaikille.... sitten aikanaan... sitä yhteistä hyvää. Kaikki aikanaan, kaikki aikanaan! Nykymeno ei vielä takaa kakkua kaikille. Meidän on vielä kanaa kynittävä... anteeksi! Saanen lopettaa tähän. Älkää te vain sekoilko sanoissanne, kun pääsette puhumaan!

- Hyvä Kossunen! Bravo, bravo! Istu alas! Ota pullo kaljaa ja makkaratikku kätees! Olet jo palkkiosi ansainnut. Ei meillä ole hätää. Yleisöä varten ovat imagonluojat ja puheiden kirjoittajat, mainosmiehet ja sponsorit. Ei näissä hommissa napeilla pelata. Halusimme vain nähdä sinut. Nyt olemme nähneet ja kuulleet. Nyt nautitaan. Käy polskimassa vaikka altaassa! Täällä ei mikään maksa mitään, ei sitten yhtään mitään!

## 18 Kossunen valaa malttia palkkaratkaisuihin

Esiintyminen vaikuttajien saunaillassa avasi Kossuselle jälleen rahakkaita luentotilaisuuksia. Kuulijoina on tällä kertaa työmarkkinajärjestöjen ja työministeriön edustajia sekä joukko politiikan toimittajia:

- Hyvää huomenta kaikille tasapuolisesti! Olen nöyränä ottanut vastaan kutsun saapua luennoimaan tästä tärkeästä asiasta näin arvovaltaiselle joukolle.

- Rauha työmarkkinoilla on ehdoton edellytys kansantaloutemme kestävälle kehitykselle ja kansakunnan suhteelliselle hyvinvoinnille. Siitä olemme varmasti kaikki samaa mieltä.

- Haluan aloittaa esitelmäni siteeraamalla vanhaa sanontaa "Rahalla saa ja hevosella pääsee". Jos meillä olisi millä mällätä, niin kyllä kai ainakin aluksi tuntuisi kivalta, kun kaikille työtätekeville voitaisiin maksaa reilusti palkkaa ja lopulta myös eläke, jolla tulisi toimeen. Valitettavasti on otettava huomioon myös toinen viisaus "Kenellä paljon on, sille lisää annetaan ja kenellä vähän on, siltä se vähäkin otetaan pois". Näiden kahden tärkeän asian yhteensovittaminen on vaikea yhtälö. Ei sitä kukaan ole osannut ratkaista. Asian suora kieltäminen ei kuitenkaan johda mihinkään. Se on asia, joka on opittava kiertämään. Sitä on vain siedettävä.

- Meidän on noustava helikopteriin ja katsottava asioita yleisemmästä näkökulmasta. Silloin huomaamme, että myös luonto on sovittelun kannalla ja meidän puolellamme. Köyhän elinkaari on lyhyempi kuin rikkaan. Raskaat kärsimykset hyvitetään usein lyhyellä kärsimysajalla, siis lyhyellä elämällä. Sen sijaan hyvistä olosuhteista on kohtuullista voida saada nauttia pitkään ja elää kauemmin.

- On selvää, etteivät vähäväkiset myöskään pääse nauttimaan huippulääketieteen tuloksista. Pitkäaikaista eläkettä ei myöskään ole mielekästä maksaa silloin, kun eläkkeen määrä jää kohtuuttoman pieneksi. Elämä olisi silloin yhtä kituuttamista. Suurella eläkkeellä on paljon lystimpää, joten suurten eläkkeiden maksamiseen on syytä panostaa. Se on luonnon laki.

- Olemme menossa juuri oikeaan suuntaan. Tulopoliittisista yleisratkaisuista olemme pääsemässä joiltakin osin väljempiin raamiratkaisuihin. Seuraavassa vaiheessa pääsemme pokaratkaisuihin ja niiden kautta ruutukohtaiseen työmarkkinapolitiikkaan. Silloin jyvät erottuvat akanoista riittävän aikaisessa vaiheessa ja matalapalkka-alojen vaatimukset voidaan heti alkuunsa pilkkoa paikallisiksi yhteenotoiksi.

- Nykytekniikoilla voidaan vaihtoehtoista yhteistä hyvää jakaa kaikille myös eriarvoisuuden kukoistaessa. Esimerkiksi TV-ohjelmissa on jo pitkään ollut mahdollista seurata sellaista elämänmenoa, jota tosiasiassa harvojen on mahdollista elää. Tarvitaan vain TV, sohva ja kori kaljaa. Eläytyminen ei ole sen kummoisempaa. Vaatimattomassa ympäristössä voi virtuaalisesti nauttia ylellisen ympäristön tarjoamista mahdollisuuksista. Se on omasta päänupista kiinni, jos ei pysty eläytymään.

- Täällä ei nyt näytä työvoimaministeriä eikä valtakunnansovittelijaa olevan paikalla, mutta kyllä minä uskaltaisin väittää, että niin sovittelijan ilmeettömät kasvot kuin ministerin tuskainen vääntelehtiminenkin näiden ongelmien esittelemisessä ovat avainasemassa. Molempia tarvitaan. Kuten tarvitaan myös neuvotteluja aamutunneille asti. Nämä maneerit luovat juuri vaikutelmaa totisesta rypistämisestä yhteisen edun eteen. Neuvottelijoiden pitää osata ruoskia itseään. Tänä päivänä ei enää ole kasakoita, joita voisi käskyttää ruoskimaan rettelöitsijöitä.

- Sitäpaitsi nykyisin lakkoilevat vain keskituloiset ja heitäkin parempituloiset kansalaiset. Minimiansioilla elävät ovat niin hajallaan, ettei heidän eduistaan päästä neuvottelemaan edes ruutukohtaisilla sopimuksilla. Sirpaleina olevat minimipalkka-alat ovat juuri sitä pääjoukkoa, jonka eläkeikä pitää lainsäädännöllä nostaa niin korkealle kuin mahdollista, jopa odotettavissa olevan eliniän yläpuolelle. Ankeat elinolosuhteet pitävät silloin huolen siitä, ettei pieniä työkyvyttömyyseläkkeitä tarvitse maksaa tolkuttoman pitkää aikaa - jos kohta lainkaan.

- Eräässä paneelissa minulta kysyttiin, että kun työntekijöille tarjotaan palkkaneuvotteluissa nollalinjaa ja sitä perustellaan kustannussäästöillä, tuottavuudella ja kilpailukyvyllä, samaan aikaan omistajille jaetaan aikaisempaa parempia osinkoja. Niin, että miksi osingonjaon perusteista ei keskustella? Vastasin, että ei mediassa voi sellaista keskustelua käydä. Se vaatii myös kuulijoilta laajoja pohjatietoja. Sitäpaitsi suurista sijoittajista iso osa on ulkomailla. Sijoittajien edustajia voi tavata vain yhtiökokouksissa. Sijoittajat haluavat saada rahoilleen parhaan mahdollisen tuoton. Heidän suurin huolensa on omaisuuden säilyminen vähintäänkin ennallaan. Työntekijällä on huoli vain jokapäiväisestä leivästä. Sen vuoksi julkisuudessa käytävä keskustelu arvostuksista ei ole sen paremmin hedelmällistä kuin rakentavaakaan.

- Jaaha, annettu aika alkaa loppua. Ymmärrän, että minuutit ovat teille vielä kalliimpia kuin minulle ja osa teistä on jo hipsimässä seisovaan pöytään. Baarikin on näköjään ollut auki jo puolilta päivin!

- Takaraivossaan jokainen meistä varmasti tuntee, että näinhän asiat ovat. Ei tarvitse lähteä tilastoja kaivelemaan. Mitään uutta ja yllättävää en tuonut esille. Mitä minä nyt sitten ollenkaan tulin teille tämmöisiä kertoilemaan? Kyllä te nämä tiedätte paremmin kuin minä. Eipä kukaan ole edes vastaväitteitä esittänyt! No, mitäpä te keskenänne tämmöisiä jauhaisitte.

- Kannustan teitä jatkamaan entiseen malliin raskaassa työssänne. Toivotan malttia neuvotteluihin ja hyvää työpäivää! Eläkää leveästi ja nauttikaa! Te jos ketkä olette palkkanne ansainneet! Kiitos!

# 19   Kossunen ajautuu viihteen vietäväksi: Neitosista ken on kaunein?

Kossunen putkahti hetkeksi julkisuuteen kuin tyhjästä. Hänellä oli sen verran nimeä, että joku sai vedettyä hänet mukaan kaiken kansan eteen. Tällä kertaa Kossunen pääsi paistattelemaan julkisuuden valokiilassa KUUMISTA KUUMIN -missikisojen juontajana. Kossuselta oli jopa tilattu uudet sanat missikisojen vanhaan tunnusmelodiaan:


Neitosista ken on kaunein

Sulokkaista ken on kuumin,

makusista maistuvin

Arvallako yksin heitettäneen,

ken on hän


Lopputulos usein niin arvaamaton

valmiina taaskin on.

Osaansa tyytyvä sivullinen

on yleisö hiljainen.


Kisoissa kun kaikkein kaunein

sijoitu ei milloinkaan

Eikä kauneimpia koskaan

saada edes kisaamaan.

Hyvät naiset ja herrat!

Tänään on vuoden odotetuin hetki! Aivan kohta kruunataan Suomen Kuumista Kuumin! Ylpeänä esittelemme Kuumista Kuumin -kisan tuomariston. Tuomaristoon olemme saaneet vierailevana tähtenä konsultti Kossusen! Tuota... höh...! Arvoisan tuomariston rivistöstä puuttuu vieraileva tähtemme. Yksi tuoli on tyhjänä ja se on konsultti Kossusen tuoli! Missä on konsultti Kossunen?

Yleisön joukosta huudetaan, että Kossunen on Narubikinimessuilla! Asia selviää Marketing Puppetsin kuusysi-kanavalta, jota yleisö seuraa mobiileistaan.

Kesän ykköstapahtumaksi onkin kohonnut Narubikinimessujen produktio, jossa Vuoden Kohupari panee yhtäaikaisesti vireille sekä vihki- että avioeroprosessin. Avioliittoon vihkiminen ja avioliitosta eroaminen tapahtuvat samalla kertaa! Tällaista temppua ei ole kukaan aikaisemmin tehnyt, ei ehkä koko maailmassa! Kohuparin kauniimpi puolisko on kaikkien tapahtumien varmin vetonaula, polttavan kuuma povipommi Misu Kirrinen.

Juuri nyt! Misu vilauttelee rantahietikolla häävieraille uutta passiaan. Passi on uusittu extreme-häämatkaa varten. Tietenkin häämatka on saman tien peruttu. Misu Kirrisellä on sen vuoksi hetki aikaa veikistellä rantayleisölle riisumalla pikku pikku sandaalinsa vesirajaan asti. Kuten arvata saattaa, ranta on tupaten täynnä väkeä. Eroottisella latauksella on vain taivas kattona.

Kuumista Kuumin -kisa pääsee alkamaan ilman Kossusta, kun päätuomari toteaa saaneensa Kossuselta avoimen valtakirjan kisojen aloittamiseen. Miss Kuumista Kuumin -tittelin saa itseoikeutetusti Misu Kirrinen, vaikka hän ei ole kiireiltään ehtinyt sen paremmin kansallis- kuin uimapukukierroksellekaan. Mutta kappas vaan! Misu Kirrinen on juuri pelmahtanut lavalle! Hän ehtii hätätää kruunajaiskuvaan yhdessä juuri valittujen perintöprinsessojen kanssa.

Konsultti Kossunen vilahtelee sen sijaan samanaikaisesti kolmen TV-kanavan suorissa lähetyksissä, joiden kamerat surraavat Vuoden Kohuparin hotellihuoneen ovella. Hääsviitin ovi on ja pysyy kuitenkin suljettuna. Kenellekään ei ole epäselvää, kuka on morsian. Hän on vasta valittu Miss Kuumista Kuumin, Miss Hodari, Misu Kirrinen! Mutta kuka on kohuparin toinen puolisko? Toisiaan tönivät toimittajat päivystävät ja kamerat käyvät. Katsojia on jatkuvasti yli miljoona. Sviitti on ollut koko viikon käytössä, mutta nyt ovi pysyy suljettuna.

Ketään ei tule eikä mene. Jotkut epäilevät, että kohuparin toinen osapuoli olisi konsultti Kossunen. Pian Kossunen antaakin hääsviitin ovenraosta haastattelun, jossa hän kertoo olevansa paikalla vain kohuparin avioliittoneuvojan roolissa.

Seuraavana päivänä Kossunen antaa lyhyen haastattelun johtavalle juorulehdelle ja paljastaa neuvoneensa Misu Kirristä tässä tapauksessa ottamaan kuulutukset sellaisen ulkomaalaisen kanssa, joka on vain käväissyt Suomessa väärillä henkilöpapereilla. Näin pikaromanssin virallinen puoli saadaan järjestykseen, vaikka siippaa ei kukaan ole nähnyt eikä tule näkemäänkään. Kolme TV-kanavaa on lähettänyt monta tuntia suoraa kuvaa hääsviitin suljetusta ovesta. Sitten lähetykset katkeavat eikä kukaan selitä syytä. Kuitenkin keskustelu aiheesta rönsyilee mediassa vielä päivätolkulla.

Seuraavalla viikolla ilmestyvän Yöviihdettä-lehden kansikuvassa Misu Kirrinen ja Hampus Kossunen hymyilevät lomakuvassa Naurusaarella. Kuvan tekstin mukaan Kirrinen tekee täysiä työpäiviä uimarantakuvauksissa ja Kossunen tutkii saaren historiaa. He kertovat olevansa vain hyviä ystäviä. Olivatko he siis Tyynellä merellä sijaitsevassa Naurun kääpiötasavallassa?

No, ei sentään. He olivat Vantaan Flamingossa, Lasten Puuhapuisto Naurussa. Pariskunta lasketteli liukuputkessa ja jäi jumiin. Palokunta oli hälytettävä paikalle, jotta heidät saatiin irrotettua. Saivat porttikiellon. Tarina jatkuu iltapäivälehdissä etusivun korkuisina uutisina päivästä toiseen... yllättäviä käänteitä... kuplivaa elämää.

# 20   Kysytään konsultti Kossuselta

Vaalien alla kysellään:
Kaatuuko Euroopan unioni?
Voiko harmaata taloutta
kitkeä? Miten kerjäläisiin
pitää suhtautua? Hakeeko
Suomi koskaan Naton
jäsenyyttä? Ovatko Suomen
ydinvoimalat turvallisia?

Toimittajat ovat saaneet
itsensä konsultti Kossusen
vastaamaan näihin hankaliin
kysymyksiin.

Kaatuuko Euroopan unioni?

Kossunen: Kun Euroopan
unionia suunniteltiin, sen
tarvetta perusteltiin
vastavoimana Tyynen meren
alueen kasvavalle taloudelle.
Samalla puuhamiesten
silmissä väikkyi Euroopan
laajuinen vapaa kasinotalous,
jota unionin jäsenvaltiot eivät
pystyisi kunnolla valvomaan.
Näin on käynytkin ja
puuhamiehet käyttävät nyt kasinotalouden keinoja tyhjentäessään
kasinon varantoja pajatso kerrallaan. Suuret pääomat ja harmaa
talous tarvitsevat vakaata kasinotaloutta rahanpesuun ja pääomien
piilottamiseen verottajalta. Puuhamiehet eivät sovinnolla luovu
europajatsoistaan, joten unioni tulee kyllä muodossa tai toisessa
säilymään, tai siihen ainakin pyritään.

Voiko harmaata taloutta kitkeä?

Kossunen: Harmaassa taloudessa ja suurpääoman veronkierrossa liikkuu rahaa enemmän kuin valtioiden budjeteissa. Heikompina astioina valtiot eivät voi valvoa vahvaa markkinataloutta. Sen vuoksi valtiovalta missä hyvänsä järjestelmässä puuttuu vain rajattuihin ongelmiin ja keskittyy tyynnyttelemään kansalaisten mielialoja. Siinä työssä valtiovalta tarvitsee avukseen erilaisia uskontoja, jotka nekään eivät lupaa synnitöntä maailmaa tässä ajassa. Harmaan talouden kitkeminen ei ole mahdollista, mutta sen hyvistä puolista on syytä ottaa oppia. Markkinavoimat ja harmaa talous yhdistävät kaikkia valtiollisia, yhteiskunnallisia, poliittisia ja uskonnollisia järjestelmiä sekä taiteita, tieteitä ja urheilua. Niiden varaan rakentuu ilmaston lämpenemisen hillitseminen, jatkuva kasvu ja kestävä kehitys.

Miten kerjäläisiin pitää suhtautua?

Kossunen: Euroopan unionin jäsenmaiden asukkailla pitää periaatteessa olla yhtäläiset oikeudet riippumatta siitä, ovatko he köyhiä tai rikkaita, kerjäläisiä tai lahjoittajia. Sanotaan, että kerjäläisten muuttoliikkeen taustalla on järjestäytynyttä rikollisuutta. Siispä kerjäläisongelma pitää voida lakaista maton alle. Kerjäläiset kuuluvat katukuvaan kaikkialla Euroopassa. Jos kerjäämisestä ei päästä eroon koko unionin alueella, kerjääminen on parasta hyväksyä tai purnaajien on parasta etsiä sellainen unioni, jossa ei ole kerjäläisiä.

Hakeeko Suomi koskaan Naton jäsenyyttä?

Kossunen: Suomeen ei toivottavasti ole kukaan hyökkäämässä. Suomalaiset ovat osanneet käyttää pitkää rauhan aikaa hyväkseen ja olla menemättä maksumiehiksi kalliisiin sotilasliittoihin. Toisaalta, jos maailmanlaajuinen konflikti jossain vaiheessa syttyy, on myöhäistä pyrkiä mihinkään liittoon. Suomi ei ole koskaan ollut sotimassa yksin, vaan aina jonkin suuremman mahdin rinnalla. Melkeinpä aina on myös vaihdettu puolta kulloisenkin sotilanteen mukaan. Pieni maa ei yksin pärjää. Katseet kääntyvät pohjoismaiseen sotilasyhteistyöhön, joka historian saatossa on merkinnyt suomalaisten pestautumista ylimystövetoisten hyökkäysarmeijoiden kärkijoukkoihin. Suomi siis seuraa katseella, mutta ei liity Natoon. Tai ehkä yrittää liittyä sitten kun on myöhäistä. Varmaa kuitenkin on, että tiukassa paikassa Suomi panee kovan kovaa vastaan yksinkin.

Ovatko Suomen ydinvoimalat turvallisia?

Kossunen: Suomen ydinvoimalat ovat turvallisia. Suomen turvallisuutta uhkaavat ensisijaisesti muiden maiden ydinvoimalat, jotka ovat käyttöikänsä loppupäässä. Suomen ydinvoimahankkeet lisäävät lähialueilla kilpailua ydinenergialla saatavan sähkön tuotannosta, ja kilpailu on omiaan pidentämään vanhojen ydinvoimaloiden käyttöä yli riskirajojen.

Suomen ydinvoimalat ovat turvallisia. Ne ovat turvallisia niin kauan kuin mitään ennalta arvaamatonta ja kyllin pahaa onnettomuutta ei tapahdu. Jos sellainen onnettomuus kuitenkin tapahtuu, niin vahinkoja ei voida täysin korvata.

# 21 Seminaariluento - vapaa sisäänpääsy

- Hyvää huomenta kaikille! Olen iloinen nähdessäni teitä päättäjiä näin sankoin joukoin seuraamassa luentoani! Olette valinneet hyvän luennoitsijan ja hyvän luennon! Valtion talous pitää saada kuntoon. Siitä olemme yhtä mieltä. Talouden tulee olla kestävällä pohjalla. Ei vastaväitteitä?

- En havittele ehdokkuutta eduskuntaan, joten voin sivuuttaa populistiset höpinät ja mennä suoraan asiaan: Elikkä ongelmista selvitään, kun tehdään heikkouksista vahvuuksia ja paheista hyveitä! Jos joku ei tätä usko, niin tehköön toisin ja huonosti käy!

- Kolmikantaan ei ole paluuta. Valtion virkamiehistö ja Elinkeinoelämän Keskusliitto vetävät yhtä köyttä, joten ammattiyhdistysliikkeen tulisi vähitellen uudistua. Suoraan sanottuna ammattiyhdistysliike tulisi yksityistää. Vähintäinkin sen pitäisi luopua jäsenmaksuista ja muuttua puhtaaksi liikelaitokseksi, esimerkiksi osuustoiminnalliseksi yritykseksi, joka tarjoaisi työtä, palveluja, kotimaisia tuotteita ja koulutusta pätkätyöläisille, matalapalkkaisille, työttömille, konkurssin tehneille, syrjäytyneille ja muille vähäosaisille.

- Huumekauppa pitäisi osittain vapauttaa. Kaikkia huumeita pitäisi olla tarjolla aina halvempaan hintaan kuin katukaupassa. Valtion alkoholimonopolia tulisi laajentaa kaikki huumeet kattavaksi monopoliksi. Vain väkevimmät viinat ja raskaimmat huumeet rajattaisiin reseptillä saataviksi. Alkon yksityistämiseen en ota kantaa, mutta jätän sen harkittavaksi. Alkon voisi joka tapauksessa pilkkoa maakuntien omiksi yrityksiksi, joiden tuloilla avustettaisiin pieniä kuntia. Pienikin lisä palveluihin jarruttaisi muuttoliikettä.

- Valtion tulisi perustaa ilotaloja, joissa työskenteleville naisille ja miehille taattaisiin sukupuolesta, etnisestä taustasta tai kansalaisuudesta riippumatta keskimäärin suuremmat ansiot kuin kadulla. Kadut siistiytyisivät. Yksityinen seksibisnes saisi toimia vapaasti ja korkeammilla hinnoilla kuten tähänkin asti. Valtiolliset ilotalot toimisivat vanhenevien ammattilaisten turvaverkostona. Tässäkin voitaisiin harkita maakuntien omaa yritystoimintaa. Tarjonnan tulisi kattaa kaikki ikäryhmät, sukupuolet ja vähemmistöt - unohtamatta vapaata valintaa ja palveluseteleitä.

- Halpatyövoiman perään ulkomaille siirtyviä yrityksiä varten tulisi perustaa päästörahasto, josta yritykset voisivat ostaa oikeutta ulkomaille siirtymiseen. Samasta rahastosta jaettaisiin sitten paluurahaa kaikenlaisille yrityksille, jotka siirtäisivät toimintaansa Suomeen.

- Samanlainen päästörahasto tulisi perustaa myös roskaruokaa mainostaville, tuottaville ja myyville liikeyrityksille. Päästörahastoon tulisi maksaa tuntuvia sakkoja oikeudesta harjoittaa bisnestä terveydelle haitalliseksi todetuilla tuotteilla. Vastaavasti rahastosta maksettaisiin bonuksia terveellisillä elämäntavoilla bisnestä tekeville elinkeinonharjoittajille ja terveydenhuollolle.

- Tämän suuntaiset toimet ja rahasammot vähentäisivät valtion menoja ja lisäisivät kuntien tuloja pysyvästi. Ne johtaisivat kestävään kehitykseen. Jaa, joku siellä takapenkissä kuuluu huutavan, että olemme EU:ssa! Siihen sanoisin, että katsokaa mallia muista EU-maista. Jokainen jäsenmaa voi kulkea omaa tietänsä. Hetikään ei mitään maata ole erotettu ellei itse yritä erota!

- Moni näyttää jo hipsivän ulos takaovesta.

- Mutta niin se vain on, että emme ole kovin itsenäisiä tekemään päätöksiä omista asioistamme, vaikka itse sattuisimmekin joskus olemaan yksituumaisia jossakin asiassa. Pitää kuitenkin olla sinnikäs ja koettaa kepillä jäätä. Aina saa yrittää ja pitää myös yrittää!

-Tässä olisi vielä tätä listaakin jäljellä, mutta annettu aika näyttää loppuvan...

- Kiitos mielenkiinnosta ja hyvää kotimatkaa!

# 22 Erikoishaastattelussa konsultti Kossunen

- Tervetuloa konsultti Kossunen, vihdoinkin Teiltä saadaan haastattelu!

- Kiitos, kyllä vain!

- Tehän luennoitte vaikka minkälaisissa kissanristiäisissä?

- Ei, yhdenkään kissan ristiäisissä en ole ollut enkä luennoinut.

- Miten on mahdollista olla asiantuntija hyvin monella alalla?

- En ole minkään alan asiantuntija. Kuulijani sen sijaan ovat alansa asiantuntijoita.

- Miten rohkenette haastaa heidät?

- En haasta ketään. Puhun, mitä puhun. Kuittaan palkkioni ja lähden.

- Entä kuulijanne? Miten he suhtautuvat työpaikoilla pitämiinne luentoihin?

- Yleensä kuulijat nukkuvat tyytyväisinä, kun voivat täydellä palkalla pitää taukoa työstään. Asiakkaitani ovat suuret valtiolliset ja yksityiset yritykset.

- Entä hereillä olevat?

- He miettivät seuraavaa työpäivää. Heitä ahdistaa, kun työt kasautuvat.

- Miten rakennatte luentonne?

- Mietin, mistä itse en luopuisi, mihin en itse suostuisi, mitä en itse antaisi ja sitä rataa.

- Entä sitten?

- Käännän asiat nurinperin ja tarjottelen ne kuulijoille hyveinä ja välttämättömyyksinä.

- Kiitos avoimesta haastattelusta!

- Kiitos!

# 23  Uuden hallitusohjelman lobbarina

- Arvoisat Herrat! Olen konsultti Kossunen. Hallitusohjelman hahmottelu on lähellä sydäntäni, joten suonette anteeksi pienen tunteilun aiheen käsittelyssä.

- Ja mennäänpä sitten siihen asiaan:

- Lähtökohta on, ettei sellaista hallintoa ole vielä keksitty, jonka avulla voitaisiin ilmaiseksi ylläpitää maassa järjestystä. Aikoinaan Kustaa Vaasa ryösti kirkot ja luostarit, koska niihin oli vuosien varrella, ahkeran työn ja lahjoitusten myötä kertynyt varallisuutta. Ryöstelyyn panostaminen takaa onnistuessaan hyvän tuoton. Valtiomiehen pitää ottaa vastuuta ja tehdä sellaista, mikä tavalliselta kansalaiselta on hirttotuomion uhalla kielletty. Tukholman Odenplanilla seisookin kuninkaan kunniaksi nimetty kirkko. Tarkoitus pyhittää keinot, kun päämääränä on yhteinen hyvä.

- Hyvät herrat! Tosiasia myös on, että kun valtio on vasta perustamisvaiheessa eikä veronkantoa ole vielä ehditty järjestää, sotaväen ylläpidolla on selkeä tarkoitus. Sotaväki valloittaa maata ja orjuuttaa valloitetun maan asukkaita. Hallintoväkeä on heti palkattava, linnoja rakennettava ja sisustettava ryöstetyillä varoilla jo siinä vaiheessa, kun omaa varallisuutta ei vielä ole. Erämaita on asutettava pakkosiirroilla. Uudisasukkaat raivaavat lisää peltoa ja tuottavat uusia sotilaita. Verotuspohja laajenee ja nuori valtio vaurastuu.

- Te siellä kysyitte, mikä olisi Suomen tilanne nyt ellei kuningas Vaasa olisi asioita järjestellyt? Todella terävä havainto. Me suomalaiset olisimme hartaita ortodokseja ja itärajana olisi Tyyni valtameri...

- Jesuiitta-veljet olivat sitä mieltä, että tarkoitus pyhittää keinot. Valtion varojen keruuseen ei kuitenkaan yleisesti voida suositella perin vanhakantaista ryöstelyä. Ryöstely on voitava pukea laillisuuden kaapuun. Koska elämme sivistysvaltiossa, ei verotustakaan voida kiristää siitä päästä, missä varallisuutta on eniten. Se menisi ryöstelyn puolelle. Lienette kanssani samaa mieltä siitä, että kohtuullinen tulos saavutetaan jo pelkästään sillä, että verotusta kiristetään siitä päästä, missä maksajien maksukyky on pieni, mutta pääluku suuri. Vain varakkaat pystyvät kiertämään verotusta, mutta sen vastapainoksi he maksavat myös valtavasti veroja. Heitä ei pidä ryhtyä pelottelemaan, sillä se käy valtiolle kalliiksi.

- Toinen merkille pantava asia on, että tuotantokustannusten kilpailukyky perustuu vielä tänäkin päivänä pääosin halpaan työvoimaan. Olemme kasvotusten sen tosiasian kanssa, että on vain kaksi mahdollisuutta: Tuotantolaitokset joko siirretään halpatyövoiman maihin tai halpaa työvoimaa houkutellaan Suomeen. Suomalaisten työntekijöiden on siis tunnustettava tämä tosiasia ja opittava kilpailemaan tässä tilanteessa, työskentelemään tehokkaammin ja pienemmällä palkalla. Kahdentoista tunnin työpäivä ilman palkankorotusta ja totaalinen lakko-oikeuden peruuttaminen olisivat askel oikeaan suuntaan. Näin omalla ajalla tehtävältä työltä vedettäisiin matto pois alta.

- Lisää tehoja saataisiin työtehtäviin liittyvillä automaattisilla seurantajärjestelmillä, jotka rytmittäisivät työpäivän. Samalla ne poistaisivat luppoajankäytön mahdollisuudet. Seurantalaitteet tulisi ulottaa myös kotioloihin ja vapaa-aikaan. Siten voitaisiin ohjata kansalaisia terveen elämän kautta pitkäkestoiseen jaksamiseen ja tarpeen tullen jopa ympärivuorokautiseen työntekoon.

- Hetikin voidaan arvioida, että jos esitetyt toimenpiteet riittäisivät edes vähäiseen tuottavuuden lisäämiseen, ne lisäisivät merkittävästi kilpailukykyämme ja loisivat edellytyksiä uusille markkinoille ja sitä kautta ehkä myös uusille työpaikoille.

- Haluan vielä uudelleen painottaa sitä, että koska muunmaalaisia tulee maailmassa aina olemaan monin verroin enemmän kuin meitä suomalaisia, meidän on elettävä pidempään, tehtävä pidempää työpäivää ja oltava työelämässä pidempään kuin muut. Tämä on pelkkää matematiikkaa. Sitä ei lakkoilu muuksi muuta.

- Vasta sitten, kun voimme luotettavasti ennustaa, että työntekijät eivät saavuta vanhuuseläkeikäänsä, työkyvyttömyyttä koskevia linjauksia on riittävästi kiristetty ja perhe-eläkkeet muutettu määräaikaisiksi, voimme ryhtyä arvioimaan, miten pitkälle eläkerahastot todellisuudessa riittävät. Uudistukset voitaisiin aloittaa kaikenlaisten perhe-eläkkeiden säätämisestä määräaikaisiksi, sanoisinko enintään kaksi vuotta maksettaviksi.

- Te siellä kysyitte, miten käy, kun suuret ikäluokat ovat jääneet eläkkeelle ja muodostavat suuremman ryhmän kuin nuoremmat sukupolvet, joiden pitää kustantaa näiden eläkekulut? Niin, kyllä minä olen sitä mieltä, että suuret ikäluokat ovat eläkkeensä ansainneet. Nuorten taakkaa voitaisiin keventää siten, että vanhojen annettaisiin syödä eläkerahastoja. Tilanne keikahtaa kuitenkin 20 vuodessa päälaelleen, kun suuret ikäluokat väistyvät pienempien ikäluokkien tieltä.

- Hallituksen tulee ensi töinään perustaa satavarma työryhmä, jonka tehtäväksi annetaan perusteiden etsiminen tässä mainituille esityksille. En näe mitään estettä sille, että työryhmälle annettaisiin enintään puolen vuoden määräaika. Kymmenen vuoden kuluttua nykyiset käsitykset eivät enää päde.

- Hyvät Herrat! On vielä kolmaskin hallitusohjelmaan otettava asia, jota kansalaiset odottavat kovasti. Nimittäin leikkaukset. Nyt en missään nimessä tarkoita, että kuuden kuukauden hoitotakuita pitäisi leikata. Ensin pitää leikata kuntien lukumäärää, sitten kilpailuttaa lääkäriasemia, sairaankuljetusfirmoja... ja tässä teille onkin jaettavaksi kunnilta kerätty muistilista mahdollisesti kilpailutettaviksi tulevista asioista.

Konsultti Kossunen jättää monistenipun etummaiseen pöytään.

- Pankaa jakoon, olkaat hyvät!

- No, yleisesti ottaen voidaan todeta, että kuntien tehtävistä pitää ensisijaisesti leikata kerma pois. Se tapahtuu parhaiten ulkoistamalla työt enenevässä määrin ulkomaisella pääomalla toimiville yrityksille. Ainahan on mahdollista, että ulkomaisen pääoman joukossa on ripaus myös kotimaista pääomaa. Joka tapauksessa pääoma - tulipa se miltä suunnalta hyvänsä - on aina tervetullutta, sillä raha ei haise eikä tämän idean saa antaa kaatua ainakaan rahoituksen puutteeseen.

- Hyvät Herrat, pelko pois. Takokaa, kun rauta on kuumaa! Juu, juu, juu... onhan siinä sosiaaliturvassa paljonkin leikattavaa, se on selvä. Mutta te osaatte karsia ja höylätä sitä etuusviidakkoa ilman minuakin. En nyt ehtinyt katsoa, mitä puolueita edustatte eikä sillä ole merkitystä. Te olette vastuunkantajia ja hoidatte homman.

- Jaa, jaa, jaa... konsultointiin varaamanne aika näyttää olevan täynnä. Toivotan tuloksekasta hallituskautta! Näkemiin!

# 24  Viini, laulu ja naiset!?

- Hyvää päivää kaikille! Olen todella ilahtunut, kun minut on kutsuttu luentovieraaksi tänne Ero- ja romantiikkamessuille!

- Luentoni aiheeksi valitsin "Viini, laulu ja naiset!?". Tuo hokema on ikiajat ilmentänyt hulvatonta bailaamista. Mutta minua on aina vaivannut yksi seikka: Mitä tuosta hokemasta puuttuu? No, mutta hyvät kuulijat! Miehet, miehet puuttuvat tyystin bailaajien joukosta! Mitä ihmeen bailaamista se on, kun miehiä ei ole mailla eikä halmeilla?

- Hey, Mussie! Ja hei, kaikki naiset, jotka olette kuulijoiden joukossa! Meillä kaikilla on hyvin tiedossamme lääke, jolla asia voidaan korjata. Tie miehen sydämeen käy vatsan kautta! Tämäkin hokema on vanha, mutta aina ajankohtainen.

- Suoraan sanoen TV:n kokkiohjelmat ovat jo kauan tympineet minua, sillä niissä ei osata tuoda esiin eroottista näkökulmaa ruuan valmistukseen ja tarjoiluun.

- Kerronpa nyt, mitä Mussie syöttää kullalleen. Mussie tarjoilee minulle vain Kolarin koillisnurkassa kasvatettua luomupuikulaa. Sen pitää olla Volgan kitasammen mädissä haudutettua. Itseään mätihaudetta ei tietenkään syödä. Kuten jokainen sivistynyt ihminen, Mussie valitsee kultansa lautaselle kolme virheetöntä haudukasta, joista hän lohkaisee keskiosat lautaselle ja heittää loput menemään. Ei pidä myöskään unohtaa sivellä ruokalautasia kanadalaisessa vaahterasiirapissa marinoidulla ranskalaisella tryffelijauheella. Perunat Mussie koristelee Saint Tropezin lahden merisiilin kulkusilla...

- Oi, miten aika rientää! Olisi ollut vielä niin paljon kerrottavaa. Muistakaa kuitenkin uusittu eroottinen mottomme: Viini, laulu, naiset ja miehet! Vain yhdessä voimme rakentaa entistä eroottisemman maailman!

Jätän tänne pöydälle vielä luettavaa. Ottakaa siitä mukaanne punnittuja ajatuksia ja eläkää niiden mukaan! Heippa!

# 25  Eroottisen rakkauden resepti

Usein ihailu ja kunnioitus tuntuvat rakkaudelta, mitä ne todellakaan eivät ole. Ihailu on etäistä ja kunnioitus ulkokohtaista. Sen sijaan rakkaus on läheistä ja sisäisistä tunnoista pulppuavaa.

Varsinkin nuoret uskovat myös ihastumisen olevan rakkautta. Tosiasiassa se on vain hullaantumista. Se on läheistä sukua fanittamiselle. Varsinkin nuoret ihmiset ihastuvat idoleihinsa pyörtymiseen asti. Pyörtyminen ei kuitenkaan ole todiste rakastumesta. Vain tosi rakkaus jaksaa kestää arkea ja tavanomaisuutta, vastoinkäymisiä ja pettymyksiä.

Rakkaus voi syttyä ensi silmäyksellä. Samoin kuin tunne, ettei pidä toisesta ihmisestä. Myöhemmin voi käydä niin, että nopea rakastuminen kehittyy jopa vihaksi ja ihminen, joka on ollut pelkkää ilmaa, osoittautuu tärkeäksi ja lopulta rakkaimmaksi.

Usein rakkaus sekoitetaan mustasukkaisuuteen. Mustasukkaisuus ei kuitenkaan ole rakkautta. Mustasukkaisuus on ryppyotsaista omistamisen halua ja kiinnipitämistä tilanteissa, joissa ote toisesta ihmisestä tuntuu hetkeksi kirpoavan. Mustasukkaisuus on yksisilmäistä omaan napaan tuijottamista. Mustasukkaisuus kumpuaa raivostumisesta ja johtaa helposti itsekontrollin katoamiseen. Sen sijaan rakkaus on pitkäkestoista ja hallittua, hellyyttä ja huolenpitoa.

Rakkautta voidaan myös teeskennellä. Kysymys on silloin rakkauden käyttämisestä huijauksen välikappaleena. Huijari esittää rakastunutta ja huijatuksi tullut kuvittelee toisen olevan rakastunut ja uskoo jopa itse rakastuneensa. Kun molemmat huijaavat, kysymyksessä on puhdas rakastelu. Toki rakkaus voi syttyä myös näissä tilanteissa, sillä tosi rakkaus ei katso aikaa eikä paikkaa silloin, kun eroottinen yhteys on ratkaisevana tekijänä.

Mistä sitten tietää, milloin on kysymys todellisesta rakkaudesta? Ei niin mistään. Juuri se tekeekin elämästä niin arvoituksellista ja värikästä. Rakkaus menettäisi tenhonsa, jos sen koukerot olisivat läpinäkyviä.

Hampus Kossunen, konsultti

# 26 Hampus Kossusen oma rakkauselämä

Vapaa-ajallaan Hampus oli naisten vietävissä. Vanha ystävä armeijan ajoilta kertoi, että asepalveluksen aikana Hampus viihtyi yksikseen milloin se vain oli mahdollista. Esimiehet kuitenkin käskyttivät häntä luokseen kertomaan vitsejä tai sanomaan mielipiteensä milloin mistäkin asiasta. Vitsien kertomisesta Hampus oli pelkästään kiusaantunut. Käskemällä vitsit eivät tulleet mieleen. Hampuksen vahvuutena oli tilannekomiikka. Varsinkin esimiestensä tupien siivoamisessa hän sai loistaa. Mitä enemmän häntä simputettiin pölypallojen perään, sitä tarkemmin hän etsi ja löysi niitä mitä oudoimmista paikoista. Esimiehet nostivat jalkansa pöydälle ja nauroivat katketakseen.

Siviilissä Hampus jostakin käsittämättömästä syystä oli naisten suosiossa. Hampuksen olemus muistutti takiaispalloa. Ei kuitenkaan sillä tavalla, että hän olisi jäänyt naisiin kiinni kuin takiainen. Asia oli juuri päinvastoin. Naiset jäivät kiinni häneen. Hampus joutui kerta toisensa jälkeen karistamaan heitä kannoiltaan jos jonkinlaisilla verukkeilla.

Tanssiravintoloista Hampus lähti useimmiten ilman seuraa. Useimmiten se johtui siitä, että Hampus ei halunnut tuottaa pahaa mieltä niille, jotka eivät päässeet saatille. Syyksi kelpasi, että hän ei osannut päättää kenet neitosista valitsisi tai Hampukselle mieluisin neito oli tiukasti varattu tai epämieluisa neito piiritti häntä. Hampuksen päähän ei pälkähtänyt, että neitoset kilpailivat juuri siitä, kuka vuorollaan voisi napata miehen, joka illasta toiseen pokasi uuden naisen. Hampuksen rajallinen ymmärrys koitui lopulta hänen onnekseen, sillä hän ei tukehtunut siihen myllytykseen, johon hidalgot ja parkettien partaveitset lopultakin elämässään ajautuvat.

Hampus ei urheillut eikä voimistellut. Siitä huolimatta hän halusi tanssia. Hän ihaili taitavia tanssijoita. Hampus ei kuitenkaan oppinut askelkuvioita. Kuviot unohtuivat samalla tavalla kuin vitsit. Tämän ongelman Hampus käänsi edukseen siten, että hän vain seisoi ja antoi daamin loistaa ja tanssia ympärillään. Silloin tällöin hän vauhditti partneria jopa kättään nostamalla ja pyörähti itsekin kierroksen. Useimmat naiset hurmaantuivat tästä seisovasta tolpasta niin, että halusivat päästä saatille asti.

Treffit olivat Hampuksen heikko kohta. Useinkaan hän ei seuraavana päivänä muistanut edellispäivän tuttavan etunimeä. Sukunimeä, puhelinnumeroa tai osoitetta hän ei juurikaan tohtinut edes udella. Kerran Hampukselle kävi sillä tavalla, että hän oli sopinut erään opiskelijaneitosen kanssa treffit kahvilaan. Kun Hampus sitten astui kahvilaan, siellä istui vain yksi asiakas, kaunis neitonen, jolla oli kansio edessään. Neitonen näytti opiskelijalta, joka valmistautui mahdollisesti johonkin tenttiin. Hampus seisoskeli hetken ovella ja vilkuili vuoroin kelloaan, vuoroin neitosta. Hampus ei saanut päähänsä miltä edellisiltainen neitokainen näytti. Hampus ei voinut muistaa, ei tunnistaa. Ei hän myöskään kehdannut mennä tarkistamaan asiaa itseltään neitoselta. Ei kai kukaan tule treffeille lueskelemaan!

Joka tapauksessa Hampuksella riitti vientiä niin paljon, ettei hänellä ollut kiire naimisiin. Lopulta vuodet ja vuosikymmenet kuluivat. Hampuksesta alkoi tuntua siltä, ettei avioliitosta olisi enää hyötyä. Avioliitto ei tuottaisi elämään lisäarvoa. Hampuksen mielestä avioitumisen myötä ihanasta elämästä katoaisi se, mikä elämässä oli kaikkein ihaninta.

# 27 Lööpit ovat taidetta

-Tervepä terve! Kylläpä täällä iltapäivälehtien avustajien täydennyskoulutuksessa on paljon väkeä. Minua on pyydetty alustamaan aiheesta "Uutisaiheiden lööpit ja otsikointi". Se onkin lehdille elintärkeä juttu. Lukijoiden kalastelemiseen tarvitaan herkkää nenää. No, ettehän te avustajat pääse otsikoista päättämään, mutta voitte kyllä harjoitella sitä, kun tarjoatte omaa juttuanne lehden toimitukselle.

- Lähdetään nyt liikkeelle vaikkapa historiallisesta aiheesta, jossa kuivaa aihetta väritetään mielenkiintoa virittävällä tavalla. Jos artikkelissa kerrotaan kansainvälisen tutkijaryhmän raportista, jossa selvitellään muinaisten faaraoiden kuolinsyitä, niin jutun otsikoksi voisi panna: "Tutankhamon kuoli infarktiin?" Myöhemmin tekstissä todetaankin, että infarkti oli tunnettujen kuolinsyiden joukossa jo Tutankhamonin elinaikana.

Kirjoitelkaapa sinne muistipapereille nyt mojovia vedätyksiä ihan tämän luennon aikana. Katsotaan sitten yhdessä, minkälaiseen uutisotsikointiin niissä on ainesta.

- Raaka väkivalta vetoaa aina. "Monican kuolema paljastui murhaksi" voisi olla otsikko uutiselle, jossa traktorimies ajaa metsätiellä mäyrän kuoliaaksi. Mäyrä osoittautuu sitten Oikeutta luontokappaleille -yhdistyksen rengastamaksi Monica-mäyräksi. Ei hyvä esimerkki, mutta kelpaa hätätilassa.

- Seksi on takuuvarma myyntivaltti. "Kauppahallin kalakauppiaiden nakujuoksu jäihin" on jo parempi otsikko. Se saattaisi lisätä irtonumeroiden myyntiä. Tekstissä todetaan, että juoksutapahtumasta vitsailtiin kauppahallin pikkujouluissa. Kalakauppiaat eivät kuitenkaan myöhemmin muistaneet, että asiasta olisi ollut puhetta.

- JUURI NYT -aiheet on todettu vetäviksi: ERO! Tyttöystävä jätti suosikkilaulajan. Seuraavassa numerossa kerrotaan: ERON SYY. Eron syynä oli laulajan jatkuva ryyppykierre. Sitä seuraavassa numerossa kerrotaan JÄLLEEN YHDESSÄ! Tyttöystävä on palannut laulajan luokse. Tyttöystävä oli käynyt vain kampaajalla Tallinnassa ja tuonut samalla laulajalle nokkakärryllisen olutta. Seuraavissa jatkonunumeroissa ralli jatkuu. UUSI RAKAS

ULKOMAILLA? Oliko hakureissu venähtänyt pitkäksi? YHDESSÄ JO LAIVALLA! Kenen kanssa tyttöystävä jutteli laivalla? NYT PUHUU LAULAJA. Toiko kaljalasti sovun kotiin vai oliko laulaja ehtinyt vaihtaa tyttöystävää? Miksi tyttöystävä toi rakkaalleen olutta, jos tämän oli määrä raitistua? Jatkokertomukseksi pätkitty tarina myy lehteä monta viikkoa.

- Lööppien otsikoilla huijaaminen ei suinkaan ole epäeettistä. Lukijat suorastaan rakastavat nerokkaita ylilyöntejä. Lööppien vetovoima piilee juuri niiden naurettavuudessa. Lööpit toimivat päivän vitseinä. Jutun sisällön lukemiseen ei tarvitse uhrata aikaa. Riskinä tietenkin on, että tökerö vedätys voi jättää monta irtonumeroa kioskin lehtihyllyyn.

- Tökeröä lööppiä rakennellaan tällä tavalla: SUOMALAISTEN ELÄKEIKÄ MÄÄRÄYTYY HUUTOKAUPAN PERUSTEELLA. Tarkoituksena on saada kuiva teksti näyttämään kiintoisalta. Tekstissä selvitetään, että lakisääteisen vanhuuseläkkeen eläkeiän nostamista koskevissa esityksissä on huutokaupan tuntua. Yhden puolueen asiantuntija todistelee, etteivät varat riitä 68 vuotta aikaisempaan eläkeikään. Toisen puolueen asiantuntija ei pidä mahdollisena edes 70 vuotta aikaisempaa eläkeikää. Kolmannen puolueen asiantuntija suosittaa naisille vieläkin korkeampaa ja miehille paria vuotta alhaisempaa eläkeikää. Sellaiset lööpit ja otsikot, jotka vaativat lukijalta perehtyneisyyttä, eivät herätä sellaista kiinnostusta, että lukijan vedätyksellä olisi ainakaan positiivista merkitystä.

- Lööppeihin ja artikkeleihin valittavissa kuvissa kannattaa noudattaa samaa linjaa kuin mainoksissa: Kuvat vähäpukeisista karnevaalityöistä herättävät miesten mielenkiinnon samalla tavalla kuin tyttöjen alusvaatemallistot. Sen sijaan saunan lauteilla istuvat naiset, joilla on pyyhe lanteillaan, innostavat korkeintaan naisia. Varmin keino naisten mielenkiinnon vangitsemiseksi ovat urheilullisten miesten tilannekuvat, joissa päästään vilauttamaan järeätä lihaksistoa.

- Ihmiskehon alastomuuden kuvauksessa on tärkeätä ottaa huomioon aika, paikka, tilanne, kulttuuri, kohderyhmän ikä ja paljon muuta. Esimerkiksi teatterin näyttämöllä esiintyvän nuoren naisen alastomuus saa vanhat naiset suorastaan hihkumaan ja nousemaan jopa seisomaan. Sitä vastoin vanhat miehet istuvat ja ovat hiljaa, sillä heitä lähempänä ovat tv-kanavien törkyproduktiot.

- Mutta, ottakaahan lisää olutta, että päästään asiaan! Minulle riittää omenamehu, kippis!

# 28  Onko hetero homoa parempi?

Jostakin löytyi osa käsikirjoituksesta, jonka Kossunen oli laatinut TV:n A-Talkiin. Tietämän mukaan hän oli kuitenkin merkinnyt keskustelun ajankohdan väärälle viikolle ja niin tilaisuus meni sivu suun. Tässä on joitakin näkökohtia, joita hän oli ajatellut tuoda esille:

Homo se on sapienskin, nimittäin homo sapiens. Homoja on kahta ääripäätä: Toinen on syntynyt, toinen pakotettu homoksi. Sama koskee lesboja. Erittäinkin esiintyy tutkimaton määrä variaatioita homosta lesboon: On homohomoja, homolesboja, lesbohomoja ja lesbolesboja. Lisäksi kaikkea joka välistä. Mutta nyt puhutaan vain homoista.

Aitoa homoa on hyvinkin vaikea tunnistaa, sillä myös hetero on homon ja lesbon sekoitus, hetero sapiens. Yhden ja saman sukupuolen ruumiista on koko hetero sapiens jakautunut. Sekä tieteen että Raamatun mukaan. Mutta nyt ei lähdetä aikojen alusta. Nyt puhutaan vain homoista.

Joissakin itämaisissa kulttuureissa poikia pakotetaan homouteen. Eräänä syynä siihen on se, että aviovaimojen tarkoitus on synnyttää ja hoitaa lapsia ja kotia. Miehen on etsittävä seksiä muualta. Katolisten pappienkin on etsittävä seksiä muualta, koska avioelämä ei kuulu pappeuteen. Sodat ovat pakkohomouden kehtoja, koska surkeat olosuhteet ylittävät surkeistakin surkeimmat kuvitelmat. Mutta nyt puhutaan vain homoista.

Aito homo on ihana ihminen. Hän on mitä parhain ystävä myös naiselle. Naisen kannalta on valitettavaa, että aidolle homolle nainen ei ole kaikki kaikessa. Kirkollisille piireillekään nainen ei ole kaikki kaikessa. Naispappeutta on vaikea hyväksyä. Naisen tulisi jopa vaieta seurakunnassa. Länsimaisessa kulttuurissa naisen rooli palautuu pohjimmiltaan itämaiseen naisen rooliin. Koko vartalon peittävä asu on vain leikattu minihameeksi ja kasvot on hunnun sijaan peitetty meikillä. Mutta nyt puhutaan vain homoista.

Tarvitaanko homoja? Tarvitaanko sinkkuja? Tarvitaanko ylikansoittumista? Tarvitaanko kultakoruja ja deodorantteja? Tarvitaanko hillomunkkeja? Homoille voidaan olla paljosta kiitollisia esimerkiksi tieteiden ja taiteiden edistäjinä. Heteromaisen perhe-elämän puuttuminen on tarjonnut homoille mahdollisuuden tehdä ja saada aikaan paljon muuta hyvää.

Luojalle kiitos, että näin on myös tapahtunut ja erityinen kiitos siitä, että synneistä ei voida antaa lopullista tuomiota ihmisten miehittämissä oikeusistuimissa! Taivaissa ei ole homoja eikä lesboja. Siellä on vain henkiolentoja. Henkiolennot edustavat kaikkia mahdollisia sukupuolia. Toisin sanoen henkiolennot eivät edusta minkäänlaisia sukupuolirooleja. Sukupuolisuus puuttuu kokonaan. Sukupuolirooleista kohkataan vain maan päällä.

Ja kuulkaahan vielä! En haluaisi ruveta ennustajaksi, mutta minusta on alkanut pikkuhiljaa tuntua siltä, että sukupuolirooleista luovutaan jo tämän maallisen vaelluksen aikana. Joissakin piireissä oudoksutaan äidin ja isän rooleja. Heitä pitää kutsua vanhemmiksi. Ammattinimikkeistä, arvonimistä, yleisistä wc-tiloista ja liikennemerkeistä on poistettava viittaus sukupuolirooleihin. Varushenkilöt nukkuvat ja peseytyvät samoissa tiloissa. Etunimet pannaan yksiin aakkosiin. Samalla väittely heteroiden ja homojen asemasta jää tarpeettomaksi. Ei se niin vaikeata ole. Se on valmistautumista elämän jälkeiseen uuteen elämään.

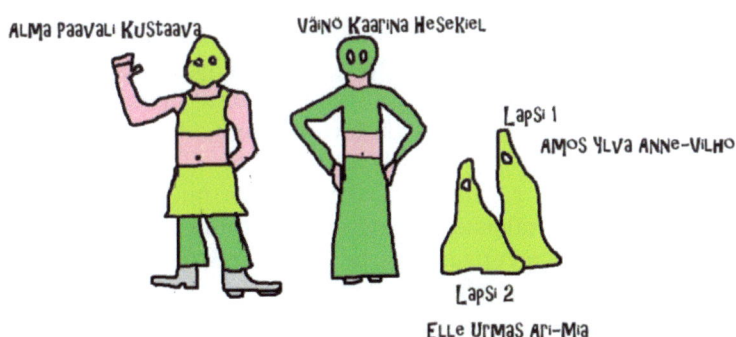

Hei, kun näin pitkälle päästiin, niin heitän teille vielä yhden väitteen pureskeltavaksenne. Joskus aikanaan, kun galaksit törmäävät ja kaikenlainen meidän tuntemamme maailma muuttaa muotoaan, niin uudestisyntyminen uusiin galakseihin on mahdollista aivan samalla tavalla kuin mekin olemme tänne syntyneet tai sitten aivan toisella tavalla, josta emme mitään ymmärrä. Ajatelkaa! Uusi elämä!

# 29  Kerjäläisten häätö ja ruotsinkielen asema Suomessa

Konsultti Kossusta alkoi harmittaa, kun viikosta toiseen uutiskynnyksen ylitti kaksi rajusti mielipiteitä jakavaa aihetta. Uutisoinnissa oltiin huolestuneita kaduille kertyvistä kerjäläisistä ja ruotsinkielen asemasta. Kossunen laati valtakunnan päälehden mielipideosastoon osoitetun kirjoituksen, jossa hän käsitteli molempia aiheita samassa jutussa. Jostakin syystä juttu ei saanut palstatilaa eikä Kossunen myöhemmin muistanut edes kirjoittaneensa mitään sen suuntaista tai sinne päinkään:

Kerjäläisten häätö ja ruotsinkielen asema Suomessa

Jospa kääntäisimme otsikon asetelman päälaelleen ja tarkastelisimme asiaa käänteisen otsikon näkökulmasta "Ruotsinkielen häätö ja kerjäläisten asema Suomessa". Tämäkin näkökulma jakaisi mielipiteitä. Ruotsinkieliset pääomapiirit ovat suomalaisen kulttuurin alkuunpanijoita ja perillisiä. He omistavat edelleen isosti Suomea. Nykyisen Suomen maaperällä ruotsinkieli on myös virkakielenä vanhempaa perua kuin suomenkieli. Sen vuoksi ruotsinkielistä väkeä ei onneksi pystytä häätämään, joten ei ole mielekästä puuttua siihenkään, mitä kieltä he puhuvat. He puhuvat ruotsin ja suomen lisäksi monia muitakin eurooppalaisia kieliä, mikä on Suomelle aivan elintärkeätä nyt ja tulevaisuudessa.

Kerjäläisten aseman ruotiminen jakaisi myös mielipiteitä, vaikka supisuomalaisia kerjäläisiä siedetään paremmin kuin ulkomailta tulleita. EU:n alueella vapaasti kiertelevillä kerjäläisillä ei ole mitään tekemistä suomalaisen kulttuurin kanssa eivätkä he omista edes sitä vähää suomalaisesta omaisuudesta, mitä heidän taustajoukkonsa onnistuvat Suomesta kähveltämään. EU:n omat kerjäläiset puhuvat monia eurooppalaisia kieliä, mutta heille on vaikea löytää tulkkeja. Tosin useimmiten kerjäläisen tulkiksi riittää tyhjä peltipurkki.

Palatkaamme nyt alkuperäiseen otsikkoon eli kerjäläisten häätöön ja ruotsinkielen asemaan Suomessa. Ruotsinkielen asema Suomessa on lakisääteisesti turvattu riippumatta siitä, osaavatko suomalaiset ruotsia vai eivät. Suomalaiset haluavat joka tapauksessa kuulua fennoskandinaaviseen yhteisöön riippumatta siitä, haluavatko skandinaavit sitä tai eivät. Yleensä eivät haluakaan muuten kuin puolustusyhteistyössä.

Kerjäläisten aseman turvana on pelkkä köyhyys, mikä panee myös kerjäämään. Hengissä pysyäkseen kerjäläiset joutuvat vaeltamaan jokapäiväisen leipänsä perässä. Heitä on vaikea häätää, koska kenelläkään ei ole tietoa ketä he ovat, mistä tulevat ja minne menevät. Joka tapauksessa heitä tulee aina tilalle vähintään sama määrä mikä poistuukin.

Olemme nyt tarkastelleet perusteellisesti näitä kahta mielipiteitä jakavaa aihetta eri näkökulmista, yhdessä ja erikseen. Päällisin puolin katsottuna asioilla ei ole mitään tekemistä toistensa kanssa. Syvempi tarkastelu kuitenkin osoittaa, että me suomalaiset emme elä havumetsissämme yksin. Maapallon väestömäärän räjähdysmäinen kasvu johtaa vääjäämättä siihen, että emme voi loputtomiin pitää kaunista maaseutuamme autiona. Olkaamme siis suvaitsevia!

# 30 Outolintu on outo lintu

Cafe Outolintu on tarkoitettu kaikille, jotka kaipaavat kosketusta monenlaisiin elämänkokemuksiin. Mielenterveyskuntoutujille tarkoitettu ryhmä kokoontui Albatrossin seurakuntatiloissa. Eipä ollutkaan ihme, että Hampus Kossusen poiketessa sinne kahville hän sai tilaisuuden pitää luennon aiheesta "Outolintu". Aiheen luonnos oli hänen taskussaan olevassa muistiossa. Koko juttu oli valmisteltu eräille kirjamessuille, mutta nyt Kossuselle tarjoutui tilaisuus testata etukäteen, miten se uppoaisi yleisöön.

- Hei, Hampus! Muistatko, kun selitit minulle kerran, mitä tarkoittaa sanonta "Hauki on kala"? Voisitko kertoa sen jutun uudestaan?

- Jaa, terve! En jaksa muistaa, miten se meni, mutta kelpaisiko uusin juttuni aiheesta: Onko outolintu lintu vai kala?

- Anna tulla, kuunnellaan!

- Hyvät kuulijat! Luentoni teemana on OUTOLINTU ON LINTU. Enkä nyt tarkoita tätä viehättävää kahvilaa. Tuota, iltaa kaikille! Täällä on mukava fiilis. Kiva, että voin kertoa juttuni. Toivottavasti se hauskuuttaa teitä!

- Elikkä... ensinnäkin... lähtökohtaisesti outolintu on outo lintu ja edustaa jotakin outoa, niinku asiaa. Näissä puitteissa se voi olla läsnä...tuota oikeinkin lähellä tai ainakin... lähettyvillä. Sanon kuitenkin heti alkuunsa, että outolintu ei ole kala. Joten se siitä kalasta.

Outolintu voi olla ajankohtainen niinku A-studio tai AJANKOHTAINEN KAKKONEN. Arvelette, että viittaan YLE TV2:n sketsisarjaan OUTOLINTU, jonka on tuottanut Susamuru Oy. Siinä fokusoidaan sellaisiin aikuisten nuorten juttuihin. No, jaa... kyllä näissä ohjelmissa kartalla ollaan. Ihan totta, ihan totta! Linnuista ei aina ole kysymys. Fokusointi huumoriin ja asioihin on kohdillaan, funktiona ajankohtaisuus.

- Toisaalta outous voi olla jotakin, mikä on täysin unohdettua, niinku ollutta ja mennyttä. Sellaista niinku Oy Suomen Kirjan vuonna 1945 julkaisema romaani OUTO LINTU - Främmande fågel.

Kirjan kirjoittaja Jascha Golowanjuk ei ehkä tänä päivänä ole kaikkien huulilla - ainakaan Suomessa. Varsinaisesti linnuista ei tässäkään ei ole kysymys - sen paremmin kuin kaloistakaan. Tämähän on ruotsinkielisestä alkutekstistä käännettyä proosaa.

- Dekkareiden ystävät muistavat Hattulan suuren pojan, kirjailija Mauri Sariolan. No, ainakin Susikoski-sarjasta. Rauhoituttuaan tämä värikäs kirjailija asusti Ullanlinnassa, Vuorimiehenkadun ja Laivurinrinteen kulmassa. Häneen saattoi törmätä yhtä hyvin Kauppatorin telttakahvilassa kuin Laivurinkadun pubissa. Niin, että mitä tekemistä hänellä oli oudon linnun kanssa? No, häneltä ilmestyi K. J. Gummerus Oy:n julkaisemana vuonna 1971 jännitysromaani NÄIN LENTÄÄ OUTO LINTU. Suosittelen sen lukemista niille, jotka haluavat nähdä Lapin maisemia pienestä yksityiskoneesta käsin.

- Entiset nuoret muistavat myös muusikko Kari Kuuvan. Elikkä nyt fokusoidaan hänen vuonna 1989 julkaisemaansa studioalbumiin OUTOLINTU. Sen biisit kuten Radanvarren talo, Nyt olen tähti, Kaikki ohi mennyt on ja Outolintu ovat sanomaltaan ajankohtaisia. Eikö vain? Oletteko samaa mieltä? Joko tässä olisi yleisön kalastelun makua? Ainakin Kari Kuuva laulaa visertää kuin pieni lintunen!

- Eipäs unohdeta, eipäs unohdeta! Olin vallan sivuuttaa brittikirjailija Susanna Jonesin esikoisteoksen OUTO LINTU (The Earthquake Bird), joka ilmestyi vuonna 2001. Sehän valittiin aikoinaan Britannian parhaaksi esikoisdekkariksi. Suomennos on väännetty Turun yliopiston suomentajaseminaarissa, joten sitä kyllä kelpaa lukea. Että sillä lailla!

- Te herra siellä takapenkissä! Juuri niin, juuri niin, odotinkin ehdotustanne, että käsittelisin Helsinki-kirjojen syysjulkaisua OUTOLINTU. Tiedän, että lähtökohtaisesti siinä fokusoidaan monitoimipoliitikko Mikael Jungnerin tekemisiin. Mitä olen kuullut, siinä mennään kuin kala vedessä. Olisiko siinä jonkin sortin kalastuksesta kysymys? Outo kala se on lentokalakin. En lähde tässä opusta tarkemmin analysoimaan.

- Näissä puitteissa haluaisin fokusoida kuitenkin yhä oudompaan suuntaan. Huomatkaa, että lähtökohtaisesti meillä on agendalla nimenomaan lintu eikä kala. Mikä on oudon linnun funktio? Jaana ja Jaakko Rintalan erilainen lintukirja OUTO LINTU on erinomainen luontokirja, jossa esitellään 48 eri lintulajia aapiskukosta äimänkäkeen (Cuculus cummatus). Kirja esittelee jopa sellaiset jokamiehen tuntemat lajit kuin viskisieppo (Ballandines preferae) ja ilolintu (Pica erotica).

- Hupsis! Kyllä yhteenveto nyt jää tekemättä. Kerätkäähän itse näitä outoja lintuja! Vihjaisen vain, että kyllä niitä löytyy. Mutta nyt katson kelloa. Minun on jatkettava matkaa.

- Kiitos mielenkiinnosta! Hyvää päivän jatkoa!

# 31  Ministerin haastattelu

Tässä haastattelussa ei haastatella konsultti Kossusta ministerinä, sillä Kossusta ei koskaan pyydetty ministeriksi. Asia on niin, että Kossunen sattui Helsinki-Vantaan lentoasemalla tapaamaan valtiovarainministerin, johon oli tutustunut taannoisessa saunaillassa.

- Arvoisa ministeri, tehdään tämä haastattelu niin, etteivät sivulliset hoksaa!

- Se sopii. Tässä on sopivan pieni hetki aikaa rupatella.

- Olette julkisuudessa ollut sitä mieltä, että laman aikana kansalaisten ostovoimaa pitää lisätä?

- Ehdottomasti. Vain ostovoimaa lisäämällä voimme pitää talouden kunnossa laman aikana.

- Mielestänne ostovoima lisääntyy, kun valtio kattaa menonsa lisäämällä ulkomaista velanottoa?

- Ehdottomasti. Velvoitteista pitää huolehtia. Peruspalveluista pitää huolehtia.

- Entisten velkojen maksaminen on vielä kesken?

- Ehdottomasti. Pitää muistaa, että kansa maksaa edellisten hallitusten velkaperintöä.

- Luotatte maineeseemme velkansa maksavana kansakuntana?

- Ehdottomasti. Juuri sen vuoksi saamme lainaa ja se on halpaa.

- Miten on nämä pankeille ja teollisuudelle jaettavat tuet, takaukset ja verohelpotukset? Helpottavatko ne laman kurimuksessa kärsivää tavallista kansalaista?

- Ehdottomasti. Kaikki ymmärtävät, että lama tulee ulkoa ja sitä pitää torjua tukemalla suuria veronmaksajia ja työnantajia.

- Mutta kiinalaiset väittävät, että sillä tavalla heitetyt rahat menevät mustaan aukkoon!

- Ehdottomasti. Musta aukko on varsinainen omaisuuden hautomo. Sitä en lähde tässä avaamaan. Se on niin kiinalainen juttu.

- Onko oikein, että yritykset ajavat tuotantoaan alas, lomauttavat ja irtisanovat?

- Ehdottomasti. Kustannuksia pitää karsia kaikilla tasoilla silloin kun pitää karsia.

- Pitääkö verotusta keventää?

- Ehdottomasti. Kevennys pitää suunnata sinne, missä on kevennettävää. Vain suurista tuloista ja suurista omaisuuksista löytyy verotuksella kevennettäviä kohteita. Verotusta ei pidä keventää tavallisilta palkansaajilta ja eläkeläisiltä, koska niillä pennosilla ei ole merkitystä heille itselleen. Eivät he saisi niillä edes maitolitraa. On ajateltava kokonaisuutta. On pidettävä mielessä laaja-alainen vaikutus yksittäisten kansalaisten elämään.

- Pitääkö palkkaratkaisuissa pyrkiä nollalinjaan ja vapaaehtoisiin palkattomiin lomiin?

- Ehdottomasti. Sehän merkitsee kustannussäästöä. Pitää olla kilpailukykyä. Kilpailua tulee käydä yritysten ja laitosten organisaatioissa kaikilla tasoilla.

- Lisääntyykö näin ostovoima?

- Ehdottomasti. Valtiolla on valtit käsissään. Valtio tukee myös mainontaa, jolla kohdennetaan ostovoimaa oikeaan suuntaan.

- Ja eläkeikää pitää nostaa?

- Ehdottomasti. Lakisääteisen eläkeiän nostamisella lyhennetään sekä maksuun tulevien eläkkeiden määrää että niiden maksatukseen jäävää aikaa. Eläkerahastot riittävät silloin paremmin eläkkeiden maksuun ja onhan niille rahastoille parempaakin käyttöä. Kokonaisuuden kannalta pitää ajatella koko kansantaloutta ja muutakin kuin eläkeläisiä.

- Rahaa, osakkeita, rahastoja, kiinteistöjä, maata ja metsää ym. omaisuutta on yhtä paljon ennen ja jälkeen laman?

- Ehdottomasti ja enemmänkin. Lama on rakentamisen ja saneeraustöiden kulta-aikaa. Sitä paitsi silloin painetaan uutta rahaa myös lisää. Kaikkea tarpeen mukaan.

- Onko rahan arvo siis jotenkin piilossa laman ajan?

- Ehdottomasti. Laman aikana pitää tehdä järjestelyjä, joilla omaisuudet hiotaan uuteen iskuun, jotta niillä voidaan tahkota rahaa nousukauden koittaessa. No, nyt tulee kiire. Ette ehdi kysyä, missä vaiheessa pankeista myönnetyt lainat muuttuvat rahaksi? Sitähän te olisitte kysynyt? No, kerron kysymättäkin, että lainat muuttuvat rahaksi silloin, kun niitä maksetaan pankkiin takaisin!

- Arvoisa ministeri, kiitos avomielisyydestä!

- Kiitos! Pane sinne vielä, että kun veronkorotuksia joudutaan tekemään, niin ne kyllä koskevat kaikkia kansalaisia. Pienikin ropo on arvokas lisä yhteiseen kekoon, kun maksajia on paljon. Kaikki korjataan talteen seuraava lamaa varten. Lähetä luonnos sitten avustajalleni ennen julkaisua! Näkemiin!

No, eipä tätä haastattelua missään julkaistu. Ministeri ei muistanut myöskään kysellä siitä jälkeenpäin. Ministerit ovat vaihtuvaa väkeä. Sen vuoksi lienee vaaratonta julkaista se tässä Kossusen muiden muistiinpanojen yhteydessä.

# 32  Piilorasismin monet kasvot

Konsultti Hampus Kossusen ajatuksia hänen käsikirjoituksestaan "Ikuisen sekasorron kierteestä loputtoman kaaoksen syövereihin". Yhtäkään kustantajaa ei kiinnostunut tämä käsikirjoitus, josta jälkeenpäin on löytynyt vain tämä luku ja joitakin irrallisia arkkeja.

Konsultti Kossuselle tulikin kova kiire rahan perään, joten hänen oli pakko keventää tyyliä. Ihmiset eivät jaksaneet kuunnella. He sanoivat: Älä Kossunen, älä!

## Kielimuuri

Suomessa suomenruotsalainen vähemmistö on oikeutettu ruotsinkielisen palvelun saamiseen. Usein tilanne on kuitenkin se, että umpisuomalainen ei osaa eikä opi ruotsia kunnolla voidakseen antaa hyvää ruotsinkielistä palvelua tai voidakseen tulla ymmärretyksi ruotsinkielisellä alueella. Sen sijaan ruotsinkielinen suomalainen osaa suomea joko hyvin tai riittävästi sekä useimmiten monia muitakin kieliä. Hänen on mahdollista saada oma asiansa hoidetuksi ja myös umpisuomalaisen asia autetuksi. Pattitilanteeseen voidaan joutua umpisuomalaisen ja monikielisen suomenruotsalaisen kohdatessa, jos edelliseltä puuttuu kyky ja jälkimmäiseltä halu kommunikointiin.

Kumpi on suurempi synti: Kyvyn vai halun puuttuminen? Ruotsissa ja Ahvenanmaalla ystävällinen hymy ja palvelu loppuvat helposti siihen, kun suomalainen avaa suunsa paljastaen olevansa kielitaidoton. Aivan pienet tavat ja eleetkin riittävät vieroksuntaan: Tukholmassa ruotsalainen jalankulkija ei väistä vastaantulijaa, joka ei tiedä kävelykoodia eli oikeata kävelylinjaa. Tukholmalainen on myös harvinaisen tietämätön mistään, kun satunnainen kulkija kysyy mitä tahansa neuvoa huonolla ruotsinkielellä. Näin mitättömistä puroista kasvaa valtava virta. Yksittäisen taviksen valtapiiri on pieni. Se ulottuu vain oman nyrkinkantaman ja huutoetäisyyden päähän. Näkymättömät kielimuurit kasvavat todella suuriin mittoihin vasta sitten, kun kysymyksessä ovat huomattavat edut, omaisuudet ja vallankäyttö.

## Tiilimuuri

Ihonväriin, rotuun, varallisuuteen, oppiarvoon ja yhteiskunnalliseen asemaan perustuva arvostus pyrkii muodostamaan reviirejä. Paheksuttavaa kahinointia tapahtuu siellä, missä erilaisista kulttuureista peräisin olevat ihmiset joutuvat elämään kylki kyljessä. Sivistynyt suhtautuminen arkisiin epäkohtiin edellyttää, että varakkaiden perheiden talot erotetaan muusta asutuksesta korkeilla tiilimuureilla, valvontakameroilla ja vahtikoirilla, jolloin epäjärjestys jää muurien ulkopuolelle. Samaan aikaan, kun vallasväki linnoittautuu hienostokaupunginosiin ja keskiluokka vaalii omien asuinalueittensa etnistä puhtautta, rajojen ulkopuoliselle väelle saarnataan suvaitsevaisuutta.

Ulkopuolelle jäävien leirejä ei katsota hyvällä silmällä, koska klikkiytyminen luo uhkia järjestyksenpidolle. Lisäksi muukalaisten leirit pilaavat sekä tunnelman että maiseman. Muukalaisten suojamuuri muodostuu kuitenkin juuri omista tavoista ja kulttuureista silloin, kun ympärillä ei ole tiilimuuria. Tiilimuuri on läpinäkymätön, leiri on läpinäkyvä. Näissä asioissa läpinäkyvyys ei vain satu olemaan hyväksyttävä käsite.

Mitä valtakulttuuri sitten tarkoittaa, kun se edellyttää, että maassa on elettävä maan tavalla? Ihonväriä ei voi muuttaa, uuden kielen oppii vasta seuraava sukupolvi ja hyväksyttävä sukujuuri vaatii monta sukupolvea. Se tarkoittaa, että vieraassa maassa on elettävä nöyrän palvelijan asenteella, hiljaisin äänin kuin orjan varjo, ellei pysty vaurastumaan tai muulla tavoin hivuttautumaan parempiin piireihin, tiilimuurien suojaan. Suurissa ympyröissä läpinäkyvyys ja suvaitsevaisuus näyttäytyy kaksinaamaisena tekopyhyytenä.

## Vallihauta

Kaikissa maissa on historiansa jossakin vaiheessa aikaisempi kantaväestö kulttuureineen kaikkineen sysätty ikimuistoisilta asuinsijoiltaan syrjäseuduille, sikäli kuin etnistä puhdistusta ei ulkopuolisen painostuksen vuoksi ole uskallettu viedä loppuun asti. Vielä nykyisinkin vähäväkisten ja varattomien tuomioihin sovelletaan lakia ankarammin kuin valtaväestön tuomioihin, vaikka lain tulisi olla sama kaikille. Valitusasteissa käytäntö korostuu. Näin on laita nimenomaan oikeusvaltioissa. Muissa kuin oikeusvaltioissa vähemmistöihin ja vähäväkisiin sovelletaan oikeuskäytännön sijasta avoimen raakaa kurinpitoa eikä oikeusvaltioiden käytäntö siitä poikkea silloin, kun lähdetään asevoimin puuttumaan heikompien valtioiden sisäisiin asioihin.

## Hajurako

Piilorasismi juontaa juurensa rodullisia kriteereitä paljon syvemmälle. Piilorasismi on ympäristönsä mukaan väriä vaihtava kameleontti. Se on kuin moukari, jolla kuhmitaan milloin mitäkin. Politiikassa piilorasismilla pallotellaan ja ratsastellaan. Samanaikaisesti uskonnot, kirkkokunnat, uskonlahkot ja elämänkatsomusopit karsinoivat ihmisiä syntymästä lähtien vastakkaisiin leireihin. Siitä huolimatta sivistyneen ihmisen tulee ensisijaisesti kavahtaa vähemmistöjen ja pienryhmien avointa kahinointia, koska se on lähinnä omaa ihoa. Eihän hulinointi muutenkaan ole sivistynyttä eikä ylipäänsä erityisen hienostunutta meininkiä. Kaikissa yhteyksissä tulee ensisijaisesti vähäväkisille korostaa suvaitsevaisuutta kaikkia kohtaan. Koko kirjoitetun historian ajan on nähty, että rötöstely ja rettelöinti saattaa johtaa hallitsemattomiin tilanteisiin. Lopulta se vain on niin, että hajuraon ylläpitäminen joka käänteessä on juuri sitä itseänsä - piilorasismin monimuotoisuutta.

# 33 Ufoja, ufoja!

Kuin ihmeen kaupalla konsultti Kossunen eräillä tiedemessuilla pääsi mukaan tieteiskirjailijoiden paneelikeskusteluun.

Tässä tiivistettynä hänen puheenvuoronsa:

Ufoja saattaa käydä maapallolla silloin tällöin. Silloin tällöin tarkoittaa milloin hyvänsä. Tällä maapallolla se saattaa tapahtua yli 100 000 vuoden välein tai yhtä hyvin alle sekunnin sadasosan välein. Ufojen näkökulmasta maapallolla ei ehkä tapahdu mitään mielenkiintoista tai mitään poikkeavaa muiden planeettojen olosuhteisiin tai kehitykseen verrattuna.

Kuvitelkaapa, että jokin kaukaisen galaksin uforetkikunta kiinnostuisi maapallosta edes sen verran, että se innostuisi laskeutumaan Tyynenmeren pinnalle. Laskeutuminen voisi osua keskelle miljoonien neliökilometrien laajuista jätemuovilauttaa. Ufot ottaisivat siitä näytteitä ja päättelisivät, mitä planeetalla on meneillään.

Tässä projektissa ufoja kiinnostaisi vain tämä yksi ainoa näyte. Sen perusteella ufot pystyisivät päättelemään, missä kehitysvaiheessa planeetta on. Näytettä käsiteltäisiin planeetan kehittyneimmän eliöstön lopputuotoksena. Ufot päättelisivät, että merkittävä osa planeetan olioista tuottaa kiihtyvällä vauhdilla hilsettä, johon oliot itse ennen pitkää menehtyisivät.

Mitään muuta kehitystrendiä ei näyttäisi olevan näköpiirissä eikä muunlaisiin tutkimuksiin kannattaisi tuhlata aikaa. Tältä planeetalta ei siis olisi muuta raportoitavaa. Ufot lähtisivät tiehensä. Vain perävalot välähtäisivät.

Maapallon asukkaat puolestaan ihmettelisivät monessa mediassa kerrottua uutista kummallisesta valoilmiöstä, jonka erään matkustajakoneen miehistö oli lennollaan Tyynenmeren yläpuolella nähnyt.

Kysymyksessä saattoi olla ilmakehässä palanut meteori tai satelliitti. Tosin sen omituisen nopeat liikkeet viestivät jostakin aivan muusta, ehkäpä ilmakehän epäpuhtauksista johtuvista heijastuksista...

# 34   Viikonpäivien nimet remonttiin

Suomessa voisimme uusia viikonpäivien nimistön, toteaa konsultti Kossunen erästä paikallisradiota varten tehdyssä nauhoituksessa ja jatkaa:

Viikonpäivien nimet ovat pitkää perua. Nykypäivän näkökulmasta ne ovat myös aivan sekaisin eikä niillä ole järjellistä merkitystä. Suomen kielessä viikonpäivillä on jokin kummallinen TAI-pääte. Onko se tullut DAY- tai DAG-sanoista, mene ja tiedä. Siinäkin logiikka pettää. Yksi päivistä ei olekaan TAI vaan se on VIIKKO. Keskiviikko on tietenkin napattu saksalaisten sanasta MITTWOCH. Voitaisiin ajatella myös niin, että suomen PÄIVÄ-sanasta luovuttaisiin kokonaan ja sen tilalla ruvettaisiin käyttämään TAI:ta. Päästäisiin eroon ikävistä ä-kirjaimista!

Viikonpäivien nimet eivät muutenkaan kuvaa mitään. Mikä on maana, jonka päivä on maanantai? Ehkä se on moon (monday) tai mån (måndag). Pitäisikö kuulla olla oma viikonpäivä? Voisihan se eurooppalaisten kielten perusteella olla vaikka lunantai. Mutta kuulle on jo nimetty kuukausi.

Entä tiistai, mikä on tiis? Ehkä sillä tarkoitetaan tues (tuesday) tai tis (tisdag) tai teisi (teisipäev). Onneksi sitä ei ole nimetty marstaiksi (mardi, marte, Mars-planeetan ja roomalaisen sodanjumalan mukaan).

Keskiviikon pitäisi olla keskiviikkopäivä, mutta se on pitkä sana. Lyhennettynä keskipäivä tarkoittaa aivan muuta. Keskitai puolustaisi paikkaansa, jos taista pidetään kiinni. Sekin on parempi kuin muuhun Eurooppaan jäänyt Mercuryn päivä.

Sitten on tämä torstai, jonka juuret lienevät skandinaavien ukkosenjumalassa. Onhan se aavistuksen parempi kuin eurooppalaiset viittaukset Jupiterin päivään. Viittaukset vanhoihin pakanuuden aikaisiin jumaliin tuntuvat joka tapauksessa aikansa eläneiltä.

Perjantai on sitten aivan oma lukunsa. Mikä ihme on Perja, jota tulee muistaa viikonpäivän nimessä? Euroopassa se on nimetty kaupustelupäiväksi (vendredi jne) tai vapaa(kaupan)päiväksi (friday, fredag, Freitag). Suomessa pidetään kiinni perjasta, joka joissakin Balkanin maissa tarkoittaa höyhentä. Tarkoittaako se Suomessa höyhenten myyntipäivää, sulkasatoa vai mitä höyhentämistä? Virolaisistakaan ei ole apua, vaikka heillä logiikka toimii maanantaista torstaihin (esma-, teisi-, kolma-, neljapäev), mutta sitten perjantai on reede! Mitä se tarkoittaa? Ei kai se ruokopillin päivä ole!

Lauantaissa ja sunnuntaissa historia ja uskonto menevät solmuun. Onko viikon viimeinen päivä lauantai vai sunnuntai? Joka tapauksessa seitsemäntenä päivänä Luoja lepäsi. Sunnuntaina Jeesus heräsi kuolleista ja sunnuntaita vietetään myös ylösnousemuksen päivänä. Jos sapatti (sabato) on lauantai ja Herran (Dominicus) päivä sunnuntai, niin meillä on kaksi lepopäivää. Tosiasiassa viikon työt rasittavat nykyisinkin niin paljon, että moni miettii, viitsiikö viikonlopulla nousta sängystä lainkaan. Laua vain ei tarkoita mitään ellei haeta merkitystä latinasta (lau tarkoittanee ylistystä). Sunnu taitaa olla suomenkielinen vastine sanalle sun (sunday), mutta eipä sunnusta nykykielessä puhuta. Ei puhuta sunnuisesta päivästä eikä oteta sunnua.

En suosittele lyhennyksiä ma, ti, ke, to, pe, la, su, koska ne pohjautuvat vanhaan sotkuun. Parempia olisivat minunpäivä, sinunpäivä, hänenpäivä, meidänpäivä, teidänpäivä, heidänpäivä, kaikkienpäivä, mutta nekin ovat pitkiä ja sisältävät paljon ä-vokaaleja.

Yksinkertainen ehdotukseni viikonpäivien nimien muuttamiseksi on yytai, kaatai, kootai, neetai, viitai, kuutai, seetai.

Päivä-sanan rinnalle tulisi yleisemminkin nostaa tai-sana, joka on lyhyt eikä sisällä ä-vokaaleja! Eikä siitä olisi kuin kukonaskel viikonpäivien lyhennettyihin nimiin, jotka olisivat yy, kaa, koo, nee, vii, kuu ja see! Kätevää eikö totta?

# 35  Kossunen pitää lääkäripalstaa

Näin säästät terveysmaksuissa:

Kun tunnet olevasi sairas, niin katso peiliin. Jos sinulla on huono kasvomuisti, niin ota naamastasi varmuuden vuoksi kuva kännykällä. Merkitse kalenteriin seuraava peiliin katsomisen päivä kuukauden päähän. Ota jälleen kuva kännykällä. Jos naamasi näyttää pysyneen suurin piirtein entisellään, on se hyvä merkki. Jatka seurantaa, kunnes jotakin merkillistä ilmenee.

Varmuuden vuoksi voit kuitenkin jakaa vaikkapa facebookissa aina uuden naamakuvan säännöllisesti. Silloin muutkin voivat seurata, missä kunnossa olet. Ole rehellinen. Ota kuva aina samaan aikaan - olipa päiväohjelmasi ollut minkälainen tahansa. Kun tuttavasi alkavat kauhistella habitustasi, sinun on syytä varata vastaanotto lääkäriltä.

Konsultti Kossusen lääkäripalsta loppui kuitenkin lyhyeen, kun Valvira otti häneen yhteyttä. Kossunen selitti, että hän on omalääkäri tai siis oman itsensä lääkäri, mikä tarkoittaa, että hän on kiinnostunut lääketieteestä ja tavallaan itseoppinut lääketieteen tuntija. Hän tutkii ja hoitaa vain itseään ja lääkärinpalstakin on vain itse maksettu mainos. Se tulee hänelle kalliiksi, mutta ei sen kalliimmaksi kuin lääkärissä juokseminen.

Selitykset eivät auttaneet. Tarina ei kerro, minkä pykälien mukaan häntä rangaistiin tai rangaistiinko lainkaan. Lääkärinoikeuksia Valvira ei kuitenkaan pystynyt hyllyttämään, kun niitä Kossusella ei ollutkaan.

# 36 Kossunen herättäjäpäivillä

Hampus Kossunen pääsi todistamaan heräämisestään todellisuuteen. Monet luulivat häntä maallikkosaarnaajaksi, koska hän oli esityksessään niin vakuuttava.

- Alussa loi Jumala taivaan ja maan, käski valkeuden tulla ja valkeus tuli. Sen jälkeen Jumala pani maan vihannoimaan. Vasta kolmantena päivänä Jumala loi auringon, kuun ja tähdet erottamaan päivät öistä.

- Siis ennen luomistyön loppuunsaattamista jumalallinen valkeus ja vuorokaudet eivät noudattaneet auringon, maan ja kuun rytmejä. Jumalan luomat kasvit eivät tarvinneet auringon valoa kasvaakseen. Ihmisiä viihdyttääkseen Jumala loi taivaankappaleet, vuorokaudet ja vuodenajat. Hyvät ihmiset! Taivaallinen valkeuskaan ei tarvitse aurinkoja, ei revontulia eikä led-lamppuja!

- Kun maapallon elämänkaari aikanaan päättyy, lopunajan tapahtumat toteutuvat käänteisessä järjestyksessä. Ensin päättyy ihmisen tarina. Sitten maalla elävät eläinlajit käyvät vähiin. Aurinko hiipuu. Kuu ja tähdet loittonevat. Linnut harvenevat. Vesieläimet sinnittelevät viimeisinä. Lopulta valkeus himmenee, maa häviää ja jäljelle jää vain taivas. Halleluja!

- Suomalaisessa kirjallisuudessa sanotaan: "Alussa olivat suo, kuokka ja Jussi. Suo oli autio, keskeltä melkein puuton neva... ". Myös Raamatun järjestykseen viitaten ennen Jussia on ollut suo ja paljon muuta. Kirjailija on ollut tarkkana siinä, että myös kuokka on keksitty ja ollut olemassa ennen Jussia, joten Jussi ei todellakaan voinut olla maailman ensimmäinen kädellinen ihminen, joka käytti kuokkaa. Samalla kirjailija kuitenkin haluaa painottaa sitä, että tarina alkaa aution suon kuivattamisella. Sitä varten Jussi joutuu kaivamaan laskuojan. Siinä työssä hänen on edettävä kohti suota kuokka edellä.

- Rakkaat kuulijat, näin se menee, olipa kysymyksessä Aatami tai Jussi. Suot on kuivattu, tiet tasoitettu ja pelastuksen sanoma saatu. Täällä me olemme tänään! Halleluja!

# 37 Kossunen eduskunnan lehterillä

Eivätkö kansanedustajat ymmärrä toisiaan? Vai eivätkö he kuuntele lainkaan, mitä muilla edustajilla on sanottavaa? Kossunen ihmetteli puoliääneen eduskunnassa käytävää keskustelua.

Viereisessä tuolissa istuva mies kuiskasi Kossuselle: Kyllä he kuuntelevat, mutta se tapahtuu toisaalla. Edustajat pohjustavat yhteydenpitoaan tilaamalla kaljaa ja muita virvokkeita saunailtoihinsa. Siellä he kuuntelevat toisiaan ja huuli lentää. Kun he tulevat eduskuntasaliin ja kameroiden eteen, heidän pitää taas haukkua toistaan, vaikka saunassa on oltu samaa mieltä. Puheaikaa on nuppia kohti niin vähän, ettei sitä sovi tuhlata muuhun kuin vastapuolen mollaamiseen.

Niinpä tietenkin, totesi Kossunen. Asioita on niin paljon ja paperipinkat niin valtavia, ettei niihin ehdi kukaan perehtyä. On parempi olla puhumatta asiaa, ettei paljasta tietämättömyyttään. Kun on hyvä supliikki, voi vain vitsailla ja puhua jonninjoutavia. Edustajat uskovat, että kuulijat tykkäävät, kun puhuja saa kaikki nauramaan tai raivostumaan.

Vierustoveri valisti Kossusta, ettei edustajan tarvitse muuta osata kuin painaa oikeata äänestysnappia. Eduskunnan virkamiehet ja oma puoluekoneisto antavat ohjeet, miten on meneteltävä. Omin päin ei saa toimia. Se on kielletty.

Kossunen tuumasi, että syntyisi kaaos, jos kaikki edustajat toimisivat omin päin. Maailmalla ei missään muuallakaan toimita miten sattuu. Järjestys se olla pitää.

# 38 Kossunen kotisisarten seminaarissa

Konsultti Kossunen piti Moision kartanossa esitelmän aiheesta "Ihminen on kani".

- Hei, vaan kaikki! Kiitos, kun kutsuitte minut tänne VIP-huoneeseen. Teillä on siis nyt tunnin väliaika? No, käytätte tosi hyvin luppoajan, joka riittää hyvinkin tähän esitykseen. En tiedä, kuka aiheen on keksinyt antaa juuri minulle, mutta ainakin aihe sopii tämän seminaarin yhteyteen.

- Kuulin muuten Järviradiosta kysymyksen, joka esitettiin kuuntelijalle: Kumpi juoksee nopeammin jänis vai poro? Kuuntelija vastasi, että jänis. Oikein! kuittasi toimittaja. Ihmettelin tuota tulkintaa, sillä en ole koskaan nähnyt jäniksen juoksevan. Jänis vain laukkaa loikkimalla ja lujaa meneekin. Lyhyellä matkalla jänis ehkä voittaisi poron nopeudessa, jos vain osaisi kulkea suoraan. Juoksevan jäniksen meno olisi aika lystikästä katseltavaa. Tuskin juoksuvauhti porolle riittäisi.

- No, mutta palataan kaniin ja ihmiseen. Ihminen ja kani. Sanotaan, että ihminen on sitä mitä hän syö. Sen määritelmän perusteella kania syövä ihminen on kani.

- Kani on myös sitä mitä se syö. Mitä kani syö? Kasvikunnan tuotteita. Ihan samoja kuin ihminen. Siemenkodat pitää poistaa. Kaali tuottaa liikaa kaasuja, joten se ei kelpaa. Ulkomaiset hedelmät vain pestyinä, joten ei. Eläinkunnan tuotteet ei. Karkit ei. Vaikka kanilta puuttuvat lihaa sisältävät ateriat, se on silti voimakas eläin. Se ei tarvitse hammaslääkäriä, koska se ei syö karkkeja. Se ei tarvitse fysioterapiaa, koska se liikkuu paljon.

- Jos ihminen pitäytyisi kanin ruokavaliossa, säästyttäisiin monilta harmeilta, monilta sairauksilta. Yleisimmät sairaudet yhdessä lääkehoidon kanssa pysyisivät pidempään kurissa. Myös ihmisen tulisi vain tai lähes pelkästään syödä kanin ruokaa.

- Kanit kaivavat kotinsa maahan. Kani on hyvä kaivaja. Myös ihmiset kävivät aikojen alussa etsimään luonnon luolia. Niihin alkoi ihmisten lisääntyessä tulla tungosta, ja alettiin kaivaa onkaloita pehmeisiin kivilajeihin. Nykyisinkin ihmiset rakentavat asumuksensa siten, että ne muodostuvat lattian, seinien ja katon rajaamista onkaloista. Rakentamiseen käytetään sementtiä, johon tarvitaan siihen sopivaa hiekkaa. Sopiva hiekka ehkä loppuu maapallolta. Sopivat rakennuspuutkin loppuvat. Ei kaneilta, mutta ihmisiltä. Onneksi ihmiset osaavat louhia luolia kallioihin ja kanit kaivaa onkaloita pehmeisiin maa-aineksiin! Tosin kivikauden ajoista alkaen kaneja ja ihmisiä ovat vaivanneet sisäilmaongelmat. No, sehän sopii bakteereille ja viruksille, jotka tuhoavat vanhaa ja synnyttävät uutta.

- Mutta siis ihmisen ja kanin suurin ero eettisessä mielessä on siinä, että kanit eivät syö ihmisiä edes nälkäänsä. Sitä vastoin ihmiset syövät kaneja huvikseen ja saadakseen vaihtelua ruokavalioonsa.

Kanit juovat vettä. Juomistavoissaan kanit ovat hienostuneita. Kanit eivät suostu juomaan pullonsuusta. Punasilmäisistä kaneista ei siis pidä tehdä samoja johtopäätöksiä kuin punasilmäisistä ihmisistä. Kanit eivät käytä housuja, joten paljon juotuaan ne eivät laske housuihinsa. Kaneille jää runsaasti laatuaikaa elämiseen. Kanit eivät kokkaa eivätkä pyykkää.

- Jos meillä on neljä kania, jotka pysähtyvät levähtämään peltoaukean keskelle, ne asettuvat istumaan selät vastakkain. Niillä on silmät ja korvat kaikkiin ilmansuuntiin. Sen sijaan ihmiset asettuvat istumaan jalat ristissä ja nenät vastakkain.

- Kanin turkki on kaunis, lämmin ja käytännöllinen. Kanille riittää oma turkki. Sen sijaan ihminen tarvitsee samaan asiaan monen kanin turkit.

- Eiköhän tässä ollut tärkeimmät seikat aiheesta ihminen on kani. Tai paremminkin ihminen on sekä kani että jotakin muuta. Sen sijaan kani ei ole ihminen vaan pelkästään aivan jotakin muuta.

- Jaaha, siellä takarivissä olisi kysymys? Ai, kysyttekö ihmisen ja kanin yhtäläisyyksistä lisääntymisen suhteen? Joo, en ajatellut tällä foorumilla puhua siitä. Tuskin olettekaan lisävalaistuksen tarpeessa.

- Kellokin rientää ja minulle varattu aika näyttää loppuvan. Kiitän teitä kaikkia!

- Oli ilo!

# 39 Hampus Kossunen rahapelejä koskevan paneelin alustajana

Konsultti Kossusta pyydettiin alustamaan paneelikeskustelua, joka järjestettiin Hyvinkään kauppaoppilaitoksella. Keskustelun aiheena oli "Rahapelien vahingollisuus perhekunnille ja koko kansantaloudelle".

- Arvoisat kuulijat! Peliluolien vakioasiakkaita ei ihmetytä lainkaan se, että pienet palkat ja eläkkeet sekä lasten taskurahat katoavat peliautomaattien pohjattomiin syövereihin.

- Nykyisin lapset opetetaan pienestä pitäen taitaviksi tietokonepelien harrastajiksi. Kun ikää sitten tulee lain edellyttämä määrä, on pelivietti kehittynyt jo niin pitkälle, että siirtyminen rahapelien maailmaan käy luontevasti.

- Nettipelien lisäksi pikku vintiöt kehittävät taitojaan tekemällä iskuja pelaamoihin ja piiloutumalla pelikoneiden väliköihin. Valvojat yrittävät parhaansa mukaan häätää heitä ulos pelaamoista, mutta alaikäisiin ei saa koskea. Vintiöt tietävät sen ja oppivat täsmäiskuilla harhauttamaan pelaamoiden ja pelikoneiden valvojia. Isolla joukolla he silloin tällöin pystyvät hetken pelaamaan vanhemmilta saamillaan tai pienemmiltä kavereilta huijaamillaan rahoilla. Taidot kehittyvät vain harjoittelemalla, joten alaikäisten nuorten pelaaminen on jatkuva ilmiö.

- Valtio on oikeilla jäljillä kasinotaloutta kehittäessään. Mallia käydään hakemassa Las Vegasista, Monacosta ja Shanghaista. Suomella on jo valmiiksi hyvät sisämarkkinat. Ne eivät kuitenkaan tunnu riitävän. Onko valtiovalta kehittämässä kasinoita sellaisiksi, että ne houkuttelevat myös äveriäitä pelaajia ulkomailta Suomeen? Asiaa on vaikea selvittää, sillä rahapelien hallinnointi on salatiedettä ja toiminta läpinäkyvää vain siinä muodossa, jossa se halutaan julkisesti esittää.

- Mutta varoitus päättäjille! Maailmanluokan kasinoita ei saa missään tapauksessa antaa yksityisiin käsiin samalla tavalla kuin kaivostoimintaa. Riittääkö julkishallinnon palkintopalleilla istuvien poliitikkojen asiantuntemus homman pyörittämiseen? Jos sen katsotaan riittävän, pääsevätkö korruptio, rikollisuus ja laittomuudet joka tapauksessa pesiytymään kasinotoiminnan ympärille?

- Hyvät herrat, rosvoja on aina ollut ja rosvot kehittyvät kehityksen mukana, jopa askeleen edellä. Esittämistäni epäilyistä huolimatta neuvoni on tämä: Tarjontaa pitää olla joka suuntaan, jokaiselle jotakin. Tarjonnan monipuolisuus suojelee myös yksilöä. Tarjonnan pitää olla niin suurta ja monipuolista, että siitä riittää yhtä lailla pienelle vilpille kuin suurelle rikollisuudellekin.

- Rikollisuutta vastaan voidaan suojautua vain luonnon omilla menetelmillä. Suoja on silloin samanlainen kuin suuressa parvessa liikkuvilla pienillä kaloilla: Vaikka niitä menee tonnikaupalla valaiden kitaan, niin kosolti jää syömistä myös pienille petokaloille!

# 40  Kossusen kasinohanke

Kossunen arvosteli, mutta ei tuominnut rahapelejä. Hän yritti pitää kielen keskellä suuta, koska oli saanut päähänsä perustaa ikioman rahamyllyn muiden pelaamoiden rinnalle. Kossusen lupahakemus oman kasinon perustamiseksi kuitenkin torjuttiin heti kättelyssä. Hakemus hylättiin, koska valtiolla oli pelikasinojen monopoli. Hylkäyksen muina perusteina viitattiin valtion omistaman peliyrityksen velvoitteeseen valvoa ja hillitä pelaajien liiallista peliriippuvuutta.

Kossunen ihmetteli, miten valtion ja peliyhtiön oli mahdollista valvoa pelaajien addiktion kehittymistä, kun kasinoihin oli vapaa pääsy. Poliitikot, jotka vuorollaan vastailivat ihmettelijöille, antoivat ympäripyöreitä vastauksia. Poliitikot olivat lähinnä kiinnostuneita huikeista palkkioista, joita he vuorollaan nostivat valtion monopolin vaalijoina.

Kossunen oli myös pitkään ihmetellyt, mitä tekoa lottopelin virallisilla valvojilla oli arvontavaiheessa, jossa he eivät voineet seurata muuta kuin lottopallojen pyörimistä. Pystyivätkö valvojat todistamaan muuta kuin sen, että pallojen numerot siirtyivät viralliseen lottoriviin? Valvojat eivät voineet epäillä eivätkä pelaajat uskoa, miten läpinäkyvässä sammiossa hulluna pyörivistä palloista tietyt pallot voitaisiin "pakottaa putkeen" ja niiden numerot järjestää viralliseksi lottoriviksi. Ehkäpä asia oli kunnossa. Kossunen oli kuitenkin tullut siihen käsitykseen, että joka tapauksessa sellainen laitteisto olisi kehiteltävissä. Sen vuoksi hän suunnitteli oman kasinon perustamista, jossa voisi hoidella pelirahat parempiin suihin. Ymmärrettävistä syistä hänen hankkeensa jäi idea-asteelle.

Kossunen oli Välimerellä lomaillessaan kuullut lottopallokoneesta, joka oli rakennettu siten, että kasinon omistaja saattoi halutessaan teettää koneella lottorivin, jolla hän bulvaaniensa välityksellä pääsi käsiksi jopa päävoittoon juuri haluamallaan superkierroksella. Pieniä voittoja ja huonoja superkierrosten voittopotteja toki maksettiin pelaajille koko ajan. Uskottavuuden säilyttäminen edellytti, ettei superkertymä liian usein ohjautunut hämärämiehille itselleen. Kasinotoiminnan tuotto oli miljoonabisnestä ilman ylimääräistä kähmintääkin. Tätä pelikoneen veijarimaista ominaisuutta Kossunen ei tietenkään hakemuksessaan maininnut.

Kossusta kiinnostivat myös puhtaasti tietokoneohjelmiin perustuvat uhkapelit. Niissä tapahtuva ylimääräinen kähmintä perustui varjeltuihin ohjelmistoihin. Ohjelmistojen ostajat olivat tarkoin rajattua väkeä muillakin perusteilla kuin tähtitieteellisellä maksukyvyllään.

Kasinotoimintansa valvonnan varmistamiseksi Kossunen oli esittänyt samanlaista systeemiä, johon hän oli törmännyt ulkomailla. Siellä kasinoihin pääsi sisälle vain henkilötietonsa rekisteröimällä.

Kävi sitten niin, että lupa-anomuksensa hylkypäätöksen lisäksi ja varmemmaksi vakuudeksi Kossunen sai puhelinsoiton tuntemattomasta numerosta. Soittaja varoitti Kossusta vakavista seurauksista, jos hän mitenkään ryhtyisi asiaansa edistämään. Soittajan mukaan yksittäisellä toimijalla ei voi olla sellaista rehellisellä toiminnalla hankittua varallisuutta sen paremmin kuin ohjelmiston myyjän luottamustakaan, joka riittäisi kasinotoiminnan aloittamiseen. Soittaja kehotti Kossusta tutustumaan lainsäädäntöön ja totesi lopuksi, että hylkypäätös oli Kossuselle parasta, mitä kukaan voisi itselleen toivoa.

Kossusen unelmat miljoonabisneksestä lopahtivat. Kossunen ei mennyt täyttämään lottokuponkia, koska oli vihainen. Hän ei mennyt entiseen kantakapakkaansa ottamaan tuopillista, koska oli julkisesti lopettanut juomisen. Sen sijaan Kossunen meni kuntosalille polkemaan kuntopyörää, jolla ei voinut liikkua mihinkään. Kuntopyörällä ei kerta kaikkiaan voinut sen paremmin törmäillä kuin kaatuillakaan.

# 41 Kossusella on monta projektia vireillä

Haikeana Kossunen muistelee nuorena miehenä laatimaansa urheilukalenteria. Nyt saattaisivat riittää pienemmätkin kuviot. Niinpä hän alkoi suunnitella Muholan kylään "Eukonriistäjäisten SM-kisoja". Kesäkatsomon toiminnan vauhdittamiseksi Kossunen oli kaavaillut kisoja, joissa eräänä lajina olisi eukon riistäminen naapurin isännältä ja eukon kantaminen katsomon penkille. Kilpailu olisi avoin kaikille Suomessa asuville miehille. Harvaan asutulla seudulla eukonkantomatkat saattaisivat vaihdella muutamasta kilometristä kymmeniin kilometreihin. Erilaiset lähtökohdat, kuten esimerkiksi kantomatkan pituus, mahdollinen yöpyminen matkalla sekä kantajien ja kannettavien kokoerot, voitaisiin ottaa huomioon erilaisilla tasoituskertoimilla.

Koko hanke kaatui siihen, että kilpailuihin pyrki jo ennakkoon ilmoittautumaan liian paljon miehiä, joita Kossunen ei voinut hyväksyä kilpailijoiksi. Kossunen sai syrjintää koskevan haasteen käräjille. Mitään syrjinnän kohteeksi joutunutta ryhmää ei kuitenkaan löytynyt. Ilmoittautumaan pyrkineillä henkilöillä ei ollut esittää minkäänlaisia henkilöpapereita.

Kossusen huhuttiin myös viritelleen keskustelua valtakunnallisista totalisaattorijuoksuista. Niissä lyötäisiin vetoa siitä, kenen ukko jaksaisi 50 vuotta täytettyään juosta kolme kertaa lähimmän raviradan ympäri kertaakaan pysähtymättä. Lääkärit vastustivat ja hautausurakoitsijat puolsivat ideaa. Myös työeläkelaitokset näyttivät vihreää valoa olemalla valmiita sponsoroimaan tapahtumaa. Vaimot eivät kuitenkaan päästäneet miehiään juoksemaan, joten Kossunen joutui lyömään hanskat tiskiin.

## 42  Hampus Kossusen avoin kirje Euroopan puolustusministerien kokoukselle

Arvoisat puolustusministerit!

Homo sapelicus käy jatkuvasti sotia. Sotia käyvä homo sapelicus soveltuu huonosti rauhanoloihin. Sodankäynti on perinteisesti onnistunut parhaiten niissä osissa maapalloa, joissa vuoden keskilämpötila yltää yli 20 asteeseen celsiusta. Sodan motiivina on yleensä omien arvojen puolustaminen, vaikka taistelua käydään pääasiassa luonnonrikkauksista ja markkinaosuuksista. Lähes aina arvomaailmaa värittävät uskonnolliset näkemykset myös siellä, missä aseilla pyritään vahingoittamaan ihmisiä joko hyvässä tai pahassa mielessä.

On arveltu, että tosiasiassa homo sapelicuksen enemmistönä olevat homo sepalukset ovat suurin syy tuhansien vuosien kuluessa käytyihin sotiin. Sotaisaa perinnettä ovat pitäneet yllä homo clavamus, homo lignum unumus ja homo hastamus.

Tänä päivänä elämme aikoja, jolloin monien maiden puolustusvoimilla on käsissään maailman tuhoisimmat aseet. Näiden aseiden käytöstä päättävät homo sapiensit ovat sodan jumalia sanan täydessä merkityksessä. Kutsuttakoon heitä vaikkapa nimellä homo pyrobolum pervenitus.

Maapallolla on vain vähän rauhanomaisia saarekkeita. Ne sijaitsevat pääosin maapallon kylmillä alueilla. Hyiset seudut ovat aina olleet huonoja taistelutantereita. Aikaisempina vuosisatoina taistelut käytiin tasangoilla ja merilllä, sillä metsät ja vuoristot soveltuivat huonosti suurien armeijoiden tiheille rintamarivistöille. Nykyisin mitkään kolkat maapallolla eivät välty pahoilta seurauksilta, jos homo pyrobolum pervenitus rupeaa sotimaan ja tuhoamaan tellusta maalta, mereltä ja ilmasta käsin.

Vetoan teihin kaikkiin ja erityisesti teihin, jotka olette tekemisissä homo pyrobolum pervenitusten kanssa, pidättäytymään pahimpien aseiden käytöstä sekä vähin erin purkamaan ja poistamaan ne käytöstä ynnä lopulta kieltämään ne kokonaan.

Tervehtien
Hampus Kossunen, konsultti ilman rajoja

# 43  Hampus Kossunen kesäharjoittelijan haastateltavana

Konsultti Hampus Kossunen joutui sattumalta toimittajaharjoittelijan haastateltavaksi.

Ensimmäinen kysymys kuului: Mitä herra konsultti tekisi, jos hänestä tulisi maansa diktaattori?

Kysymyksen kuultuaan Kossunen sanoi ensin, että kysymys on outo. Eihän diktaattoriksi noin vain tulla. Yleensä valta pitää itse ottaa. Sitten hän hieraisi poskeaan ja totesi, että voihan sitä tosiaan ensin tulla valituksi sellaisiin tehtäviin ja sellaisissa olosuhteissa, että vallankaappaus tulee mahdolliseksi, vaikka sitä mahdollisuutta ei etukäteen ole tullut ajatelleeksi.

Kossunen jatkoi, että sivistyneet ihmiset vastaavat tällaisiin kysymyksiin ympäripyöreästi ja viljelevät yleviä ajatuksia. He vastaavat, että kysymys on absurdi, koska he kannattavat demokratiaa. Pääsääntöisesti he siis valehtelevat. Hampus Kossunen on toista maata ja Hampus lataa:

- Alkajaisiksi jakaisin virkapaikkoja sukulaisilleni niin paljon kuin sukulaisia riittäisi tai ainakin niille sukulaisille, joihin minulla olisi hyvät välit. Yksityistäisin myös valtion omaisuutta mahdollisuuksien mukaan siten, että kunnon potti tulisi oman perheeni ja lähisukulaisteni hallintaan. Alusta alkaen ja hyvissä ajoin alkaisin myös siirtää omia ja valtion varoja a:lla alkavien ankkojen tileille paratiisiksi mainittujen saarien pankkeihin.

- Vaatisin elinaikaisen lakisääteisen oikeusturvan itselleni, perheelleni ja sukulaisilleni.

- Saattaisin voimaan perustuslain tasoiset säädökset siitä, ettei diktaattoria perhekuntineen voitaisi tuomita minkäänlaisissa tuomioistuimissa kansallisten lakien tai kansainvälisen oikeuden mukaan nyt eikä tulevaisuudessa.

- Kiireesti alkaisin rakennuttaa myös suunnatonta hallituspalatsia ja massiivista hautamonumenttia. Palatsialueeni tulisi olla oma kaupunkinsa kaikkine palveluineen ja sitä ympäröisivät hampaisiin asti aseistettujen henkivartiokaartin ja kansalliskaartien kasarmialueet.

Haastattelu pantiin tässä vaiheessa poikki, sillä Kossusen listalla ei näyttänyt olevat loppua. Kossunen totesi haastattelun jälkeen, että Rooman valtakunnan kapinakenraalina tunnettu Spartacus ei koskaan uskaltanut hyökätä Roomaan, vaikka voitto olisi ollut käden ulottuvilla. Kossusen mukaan se johtui pelkästään siitä, että Spartacus ei pystynyt ajattelemaan, miten hän olisi järjestänyt Rooman hallinnon sen jälkeen kun olisi huudattanut itsensä keisariksi. Kossunen myönsi, että hänelle itselleen saattaisi tulla eteen samankaltaisia ongelmia, jos edellämainittuun elämään tarjoutuisi tilaisuus.

Harjoittelija kokosi kamppeensa ja lähti etsimään paremmin opinnäytteeseen soveltuvaa haastateltavaa.

# 44  Kossunen saa Noobelin!

Kossusen tiedettiin asuneen jossakin vaiheessa Helsingin Käpylässä. Ilmattarenkadulla sijainneen vanhan puutalon vinttikomeroa ei voinut sanoa edes huoneeksi. Komeroon ei mahtunut muuta kuin sänky, tuoli ja pieni pöytä. Talon omisti leskirouva, joka lomaili usein Espanjassa. Kun Kossunen muutti toisaalle, hän jätti pöytälaatikkoon rouvalle osoitetun kirjeen vuokrasopimuksen purkamisesta ja vuokrarahan. Kirjepaperin kääntöpuolelle oli sattunut jäämään Kossusen muistiinpanot hänen näkemästään omituisesta unesta:

"Kunniakseni on lyöty uniikki noobeli. Noobelissa komeilee minun siluettini. Kolikko on lyöty vanhan kultakellon kuoresta, jonka on lahjoittanut kunnanjohtaja Kalle Kekki. Kunnianosoitus tulee yllätyksenä, kun olen luennoimassa Tyhjälän kuntakeskuksessa. Luennon aiheena on "Maailma eilen, tänään ja huomenna". Noobelin minulle ojentaa Maassa maan tavalla tai maasta pois - yhdistyksen varatilintarkastajan serkku Vieno Kaukas. Kiitän saamastani kunnianosoituksesta ja ryhdyn pitämään esitelmääni entisen kunnantalon kylmillään olevassa kokoussalissa:

Hyvät kuulijat! Ensinnäkin, olen iloinen siitä, että olette tulleet tänne näin runsain joukoin. Onko teitä saattajat mukaan lukien jopa 11 henkeä? Tietoni mukaan tässä kunnassa on vielä jäljellä kokonaista neljä taloutta. Tuota, melkein kaikki asutut talot taitavat olla edustettuina!

Haikailette varmaankin niiden sukulaisten, ystävien ja naapureiden perään, jotka ovat muuttaneet isompiin taajamiin ja parempien lähipalvelujen piiriin. Hyvät ystävät! Niin on tällä uudella ajalla ollut ja niin tulee myös tulevaisuudessa olemaan.

Esi-isämme jättivät heimonsa minne milloinkin ja työntyivät tänne Pohjan perukoille. Myöhemmin kun olosuhteet muuttuivat, osa lähti Amerikkaan, osa Ruotsiin, osa Australiaan ja loput ties minne muualle. Aina lähdettiin paremman perään.

Sama meno on suurissa taajamissakin. Aina pyritään yhä suurempiin keskuksiin. Aina pyritään yhä parempaan. Ne veljet, jotka ovat paljon keränneet, ostavat halvalla ja myyvät kalliilla, etsivät verotuksen porsaanreikiä, lahjoittelevat, säätiöivät, piilottavat verottajalta ja muuttavat tarpeen tullen kirjansakin pois Suomesta. Mitä isot edellä, sitä pienet perässä. Kaikki kynnelle kykenevät pitävät kynsin ja hampain kiinni hautomistaan pesämunista.

Tässä ihan pulpahti mieleeni, että pingviinit ne vaan ryöstelevät toistensa pesäkiviä, kun eivät osaa tehdä muuta bisnestä.

Kuka kysyi? Ei, tarkoitukseni ei todellakaan ole haukkua teitä pingviineiksi! Tuota, vaikka joku geneettinen koukku ihmisiä ja pingviinejä varmaan yhdistää. Pingviinit vain ovat jääneet sinne Antarktikseen ja silloin myös kehitys on hyytynyt hyisiin olosuhteisiin sopivaksi.

Sama se on myös ihmisellä; jos ei voi muuttaa ympäröiviä olosuhteita eikä lähteä paremman perään, niin on pakko muuttaa itseään. Siitähän täällä Tyhjälässäkin on kysymys.

Anteeksi, älkäähän toki vielä kiirehtikö ulos! Huumorin kukkanen se on kaunehin kukkanen...

Tässä vaiheessa Kalle Kekki sulki ulko-oven ja Vieno Kaukas kiirehti ojentamaan Hampus Kossuselle sylillisen valkoisia liljoja. Noobeli kimalteli Kossusen kaulassa kullanhohtoisessa nauhassa ja Kekki rauhoitteli harvoja saliin jääneitä kuulijoita:

Pullat taisivat loppua, mutta kahvia tulee lisää, kahvia tulee lisää!"

# 45 Kossunen ja antidoping

Konsultti Kossunen oli kutsuttu mukaan erään urheiluväen yhdistyksen opintomatkalle ulkomaille. Kossuselle oli annettu aiheeksi "Erotuomareiden dopingtestauksen tarpeellisuus puhtaan urheilun maineen palauttamiseksi". Illanistujaisissa Kossunen käsitteli aihetta laajemmin ja piti pöytäpuheen, joka innoitti läsnäolijoita seisaaltaan kiittelemään Kossusen puhetta.

Puheessaan Kossunen tuomitsi kaikenlaisten rangaistusten, kilpailukieltojen ja taloudellisten pakotteiden käytön kansainvälisten, kansallisten ja lajikohtaisten kiellettyjen aineiden luetteloiden, sääntötulkintojen ja testitulosten perusteella. Kossunen painotti kilpailijoiden, erotuomareiden ja toimitsijoiden sekä myös katsojien tasa-arvoisuutta. Jos uudet kiellettyjen aineiden luettelot eivät ole kaikkien saatavilla eivätkä uudet testausmenetelmät ole kaikkien tiedossa, niiden perusteella ei pidä antaa rangaistuksia. Dopingin käytön tulee olla tasapuolista sekä kentällä että kentän ulkopuolella. Jos tasapuolisuutta ei voida saavuttaa, sijaiskärsijöiden avulla ongelmaa ei saa lakaista maton alle. Kossunen sanoi ymmärtävänsä dopingin monimuotoisuutta. Dopingin merkitys urheilusuoritusten jatkuvan parantamisen ja kestävän kehityksen taustavoimana on aivan valtava. Varteenotettavaa vaihtoehtoa ei ole olemassa.

Dopingvalmisteiden jatkuvaa kehittelyä ei pidetä rikollisena toimintana. Dopingvalmisteiden tutkimuksen, valmistuksen ja markkinoinnin huikeat kustannukset on voitava kääntää tuottamaan voittoa, joka tuottaa myös hyvinvointia. Puheessaan Kossunen korosti useaan kertaan, että doping on niin sanottu kielletty aine vain huippu-urheilussa. Kaikilla muilla elämän alueilla se on henkilökohtainen asia ja yleisesti ottaen vain tabu muiden tabujen joukossa.

Kossunen päätti puheensa luetteloon elämäntavoista, joita kenen hyvänsä - myös penkkiurheilijoiden - on syytä noudattaa. Huippu-urheilijat pääsevät nauttimaan ihanasta elämästä vasta sitten, kun ovat aktiiviuransa lopettaneet. Kossunen päätti ansiokkaan puheensa myrskyisten suosionosoitusten raikuessa:

Älä ole pahvi - ota sokerimunkki ja kermakahvi!

Paljosta olet pihalla ellet täytä suoltasi sianlihalla!

Terveyttä ei voiteta pokerissa - terveys piilee runsaassa sokerissa!

Hullu juo vettä paljasta - hyvä olo tulee viinasta ja kaljasta!

Päästä irti elämänilo - vedä naamaan karkkeja täysi kilo!

Minullekin keinutuoli suokaa - rakastan niin roskaruokaa!

Sairaudet päälle pakkaa ellet sauhuttelen pääse vahvaa tupakkaa!

Arjessa pitää olla myös hupia, joten älä karta korttelipubia!

Jos olet henkitoreissa, niin huumeet auttavat vieroitusoireissa!

Rohkea syö hernerokkaa - arka pidättelee pierua ja imeskelee artisokkaa!

# 46 Kossunen ottaa osaa tietovisaan

Kossunen oli päässyt monivaiheisen tietovisan viimeiseen vaiheeseen. Viimeisessä vaiheessa oli vastattava viiteen kysymykseen. Oikea vastaus kaikkiin viimeisen vaiheen viiteen kysymykseen tuottaisi Kossuselle 500 000 euroa puhtaana käteen.

- Herra Kossunen, olette selviytynyt tosi hyvin. Teillä on nyt kasassa 10 000 euroa. Otatteko vai jätättekö? Kuittaatteko 10 000 euroa vai jatkatteko viimeiseen vaiheeseen? Jos jatkatte, menetätte tähän mennessä ansaitsemanne 10 000 euroa.

- Jos jatkatte ja vastaatte oikein viimeisen vaiheen kaikkiin viiteen kysymykseen, voitatte 500 000 euroa. Jos vastaatte väärin yhteenkään viidestä viimeisestä kysymyksestä, kilpailu on ohi. Saatte bonuksena vain bussilipun kotiin.

- Oletteko ymmärtänyt?

- Olen ymmärtänyt. Jatkan loppuun saakka!

- Herra Kossunen, ensimmäinen viidestä kysymyksestä kuuluu:

Miksi työnteko on ihmiselle välttämätönä?

Kossunen hieraisee poskeaan.

- Tarkoitetaanko tässä että noin yleensä ottaen?

- Kyllä. Sitä tässä tarkoitetaan.

- Tuota noin. Yleensä ottaen, jos ei mitään tehdä, niin ei mitään tapahdu. Jos ihmiset eivät tee mitään, he kuolevat.

- Mitä sanoo kilpailun jury? Hyväksytäänkö herra Kossusen vastaus?

Juryn jäsenet nyökyttelevät.

- Vastaus hyväksytty! Siirrytään kysymykseen numero kaksi:

Mitä on Jumalan vieras työ?

- Jaa, tämä on se vanha juttu. Jumala on rakkaus eikä tee mitään pahaa. On kuitenkin tilanteita, joissa... jos esimerkiksi pahis aikoo surmata hyvän ihmisen, jolle on annettu tärkeä tehtävä, niin tuo katalia aikeita hautova pahis otetaan pois. Esimerkiksi se on silloin sitä vierasta työtä.

- Mitä sanoo jury? Kolme jäsentä nyökkää ja pari pudistaa päätään. Eipä tainnut olla aivan jumaluusopillinen vastaus. Tulkitsen nyt niin, että vastaus kuitenkin hyväksytään. Hyväksytty!

- Siirrytään kysymykseen numero kolme:


Mistä jako hyvään ja pahaan on peräisin?

- Niin, tuota. Kyllä se ainakin ihmisellä on geeniperimässä tuo hyvä ja paha. Muussa luonnossa ei sellaista esiinny. Kehitys kehittyy ja elämä jatkuu sattumien kautta. Kun petoeläin syö toisen eläimen elääkseen, ei siinä ole pahuutta. Eivät loiskasvien, bakteerien ja virusten tarkoitusperät ole pahoja. Tuota noin, kyllä hyvä ja paha ovat olleet ainakin siitä alkaen, kun ihminen rupesi tekemään pesäeroa apinoihin ja eläimiin. Taikka tarkemmin sanoen ainakin siitä saakka kun Eeva otti omenan hyvän ja pahan tiedon puusta.

- Mikä siis on vastauksenne herra Kossunen?

- Sanotaan nyt sitten, vaikka hyvän ja pahan tiedon puusta alkaen siis noin suppeasti tulkiten.

- Mitä tarkoitatte suppealla?

- Sitä vain, että laajasti ottaen se voisi olla niin, että aikojen alusta eli ainakin jostakin paholaisesta alkaen. Mutta maapallon aikajanalla pysyisin siinä vastauksessa, että siitä alkaen kuin ihmisen kantaisä alkoi poiketa sukupuustaan tähän nykysuuntaan eli kuvainnollisesti sanottuna hyvän ja pahan tiedon puusta alkaen. Se on vastaukseni.

- Mikä on juryn käsitys?

Juryn jäsenet neuvottelevat keskenään. Joka toinen nyökyttelee varovasti, joka toinen pyörittelee päätään ihan kuin että mitä...

Lopulta puheenjohtajan ääni ratkaisee. Olkoon menneeksi, hyväksytään vastaus. Hyväksytty!

- Onnitteluni, herra Kossunen! Jatkamme kysymykseen numero neljä:

Mitä sähkö on?

- Uppista sentään, osasin vähän odottaa tätä kysymystä! It´s a kind of electrical phenomenon. Sille kehittelivät suomalaista nimeä lääkärit. Tohtori Elias Lönnrot tarjosi nimikettä lieke ja tohtori Samuel Roos kuvasi sitä käsitteellä sähähtämällä säkenöivä. Tohtori Roosin sanoista muodostui sähkö.

- Mutta, mutta kysymys kuului, mitä se sähkö on?

- Kyllä, kyllä. Eipä siitä juuri muuta tiedetä kuin että se on elektronien liikettä ja kun se liike tarttuu suosiolliseen ympäristöön, niin se leviää ja sitä voidaan johtaa vaikkapa sähköjohdoiksi kutsutuilla johtimilla moniin paikkoihin. Se on siis sähähtämällä säkenöivää liekettä, jos sen sattuu paljain silmin näkemään.

- Tämäkö on vastauksenne?

- Joo, se on siinä, mitä sanoin. Vetäkää siitä!

Vastaus saa aikaan monenlaista vääntelehtimistä juryssa. Lopulta jury vain pyörittelee silmiään ja nyökyttelee. Lopulta juryn puheenjohtaja ilmoittaa, että menköön nyt sitten tämäkin!

- Bravo, herra Kossunen! Vastaus hyväksytään. Hyväksytty!

- Jännittääkö?

- Ei yhtään!

- Siirrymme sitten viidenteen ja ratkaisevaan kysymykseen:

Mistä DNA:n sisältämä äly on peräisin?

- Ohhoh, onpa älytön kysymys! Voisin kuvitella, että DNA ei sisällä mitään älyä, vaikka meidän ihmisten äly perustuu DNA:han. Hyvänen aika sentään! Eihän me ihmiset kysellä, mistä puiden älykkyys on peräsin, vaikka kasvit käyttävät hyväkseen aurinkoa, vettä, maata ja ilmaa hyvin monimutkaisella tavalla. Pitkä perinne on myös luomisteorialla. Lyhyempi perinne lähtee siitä, että kehitys on lähtenyt liikkeelle sattumalta ja on sattumien summa. Aina päädytään joko luomiseen tai alkuräjähdykseen. Luojan uskotaan olleen olemassa aina. Jos DNA on Luojan luoma väline, niin äly on peräsin Luojalta. Alkuräjähdyskin on ainutkertainen ja sitä tapahtuu kaiken aikaa, on menossa edelleen. Tai kuka sen tietää, monesko alkuräjähdys on menossa ja missä vaiheessa siitä on DNA kehittynyt?

- Nyt riittää filosofointi, herra Kossunen! Mikä on vastauksenne?

- DNA:ssa oleva äly on erilaista kuin ihmisen äly. Ihmisen äly on monimutkaisten asioiden summa. Dna on luonnon apuväline, joka toimii sille sopivassa ympäristössä, esimerkiksi ihmisessä. Luonnossa toimii hyvin monimuotoista älykkyyttä. Ihminen ymmärtää älykkyydeksi vain oman ja kehittelemiensä laitteiden älykkyyden. Jos avaruudesta joskus vastataan ihmisen lähettämiin viesteihin, ne voivat ihmisen älykkyydelle sopiviksi muokattuina kuulua: Lopettakaa älyttömien viestienne lähettely!

- Mutta, mikä on vastauksenne, herra Kossunen?

- Jos kysymys olisi kuulunut, onko DNAssa älykkyyttä, olisi vastaukseni ollut, että kyllä! Mutta te kysyitte, mistä se on peräisin? Ja siihen vastaukseni on: En tiedä!

- Oliko se lopullinen vastauksenne?

- Kyllä

- Itsepä sen sanoitte, herra Kossunen. Menetitte juuri nyt 500 000 euroa! Jos olisitte vastannut, että se ei ehkä ole kenenkään tiedossa, niin jury olisi saattanut hyväksyä vastauksen pitkin hampain. Mutta kun itse sanoitte, että ette tiedä, niin se on siinä.

- Kiitos tiukasta kisasta! Kas, tässä bussilippu. Turvallista kotimatkaa!

# 47 Kossunen masennuksen syövereissä

Oli aika, jolloin Kossunen kärsi vakavasta masennuksesta. Hän ei hakeutunut hoitoon, vaan hoiteli itse itseään parhaansa mukaan. Pienestä ruutuvihosta, joka toimitti päiväkirjan virkaa, on jäänyt jäljelle muutamia lehtiä tuolta synkältä kaudelta.

Kossunen heräsi öisin painajaisuneen, jossa synkältä yötaivaalta saapuivat vihollisen hävittäjälaivueet kotikaupungin ylle. Hän oli aivan märkänä hiestä. Kossunen kävi vessassa, vaihtoi yöpaidan aluspaitaan ja yritti sen jälkeen uudelleen saada unen päästä kiinni.

Päivällä hän käveli huonetta ympäri ja kiroili kaiken aikaa. Kaikkein yleisimmät kirosanat helpottivat oloa jonkin verran. Sitten häntä alkoi harmittaa, että hän yksin ollessaan käytti samoja kirosanoja, joita kuuli TV:ssä, kadulla, raitiovaunussa ja kapakassa yhtenään käytettävän.

Häntä oli jo pitkään nyppinyt, että kadulla kuuli vain kahta kirosanaa, jotka muodostivat yksinään vaillinaisia lauseita. Yhdet ja samat kirosanat sisälsivät sekä kysymyksen että vastauksen. Yksillä ja samoilla kirosanoilla otettiin kantaa ja ilmaistiin mielipiteitä. Nuo kaksi kirosanaa tarvitsivat muita kirosanoja tuekseen vain harvoin ja silloinkin korkeintaan sidesanoiksi.

Sitten Kossusella välähti, että kirosanat voisi nimetä uudelleen, jolloin kielenkäyttö puhdistuisi. Kahden yleisimmän kirosanan tilalle otettaisiin kukko ja kissa. Näiden uusien kirosanojen voimaa voitaisiin vahvistaa monella tavalla, esimerkiksi karjaisemalla: Riikinkukko! Voi, kissimirri!

Sitten Kossunen vaipui jälleen synkkyyteen. Tarvitseeko kirosanojen välttämättä viitata sukupuoleen? Toisaalta kuitenkin, kun mies pukeutuu parhaimpiinsa, hän voi panna mirrin kaulaansa ja nainen verhoutua riikinkukon sulkiin.

Kossunen ei päässyt ulos noidankehästä. Hän käveli ympäriinsä ja mietti, mitä hänen tulisi tehdä. Miten hän voisi opettaa ihmisiä? Ja sitten taas jysähti; hän alkoi itsekseen höpistä, että oli huono ihminen. Hän oli niin huono, ettei ollut koskaan saanut edes lottovoittoa.

Sitten hänelle valkeni: Oli melkoinen lottovoitto sekin, että oli syntynyt. Kaikki maailman ihmiset ovat lottovoittajia! Miten kaikille voittajille sitten on käynyt tai tulee käymään, on jo toinen asia. Elämä ei tarjoa jatkuvia voittoja kenellekään. Kaikki eivät voi syntymänsä jälkeen voittaa kaikkea mahdollista. Vasta kuoleman jälkeen taas kaikki on mahdollista!

Kossunen toipui synkästä kaudestaan kotikonstein. Hän oli omien kriteereidensä perusteella arvioituna saavuttanut elämässään kaiken, mitä juuri hänen tapauksessaan oli mahdollista saavuttaa, ja saanut bonuksena myös paljon pieniä voittoja.

# 48   Hampus Kossusen runoilta

Harvat ihmiset ovat nähneet ja kuulleet konsultti Kossusen viimeisen esiintymisen, joka tapahtui Kanta-Teiskon nuorisoseuran kesäteatterin avolavalla. Kossunen suunnitteli runoiltaa Tampere-taloon ja harjoitteli esitystään Teiskon Kämmenniemessä. Ohjelmisto piti muodostua Kossusen omista runoista. Erään kauniin kevätpäivän iltana Kossunen ystävineen saapui Teiskoon harjoittelemaan. Jotkut ystävistä olivat Kossusen tietämättä kutsuneet paikalle myös muuta väkeä. Kossunen nousi telineille rakennetun katsomon kolmannelle penkkiriville ja pienestä yleisöstä osa istui ja osa seisoi näyttämöllä.

- Hyvät hyvän runouden ystävät! Lausun teille muutaman rakkaimmista runoistani. Nyt on kevät, joten aloitan keväisellä runolla.

Ooh - kevät, kevad, vår, spring, Frühling!

Tityy! Tityy! Tityy!

Twit! Twit!

Tityy!Tityy! Tityy!

Twit! Twit!

Wraak, wraak!

Wraak, wraak!

Kra-ka-ka-ka, kraka-ka-ka-ka!

Kra-ka-ka-ka, kraka-ka-ka-ka!

WROOOOOOOOOOOOOOOOOOM!

Röpöti, röpöti - PAM! Röps! BOOM!

Wraak! Wraak! Wraak!

Tityy! Tityy!

Hoi, laari-laari-laa! Hoi, laari-laari-laa!

Twit! Twit!

Pienen tauon jälkeen muutamat yleisöstä innostuivat taputtamaan ja muut yhtyivät suosionosoituksiin, kun huomasivat, että se oli siinä.

- Kiitos, kiitos! Taisitte huomata, että runossa luontoääniä häiritsi moottoripyörä, joka tuli myös taltioiduksi runoon. Siirrytäänpä sitten aitoon moottorirunoon, joka on hieman myöhäisempää tuotantoani. Se kertoo autoista.

### Autoruno

Tämä on autoruno, joka svengaa kuin Fiat Uno.
Kuvitelkaa vaikka kaunotarta ratissa, punaisessa Maseratissa ja naisen kamulla vielä Hanomag ikioma ynnä talviloma!
Mielessä on kuitenkin tuliterä Saab ja sen saap, jos rahat piisaap.
Lisäksi ois kiva omistaa Hillman tai sitten olla ihan autoa ilman.
Ja katsokaapa Astaa: Asta ajaa mukavaa Zastavaa!
Hänen ukollaan, jolta ajoviima vei faustin, on avomalli Austin.
Emäntä tokaisi: Älä siinä toljota, vaan ota ja osta toi Toyota!
Isäntä: Onhan meillä jo Zetori, kirpputori, monitori ja ionisaattori.
Putos sitten emännältä kaulin, kun isäntä osti neliveto Audin.
Se teki rengistäkin hummerin, joka hyväksyi vain mustan Hummerin.
Hurmasi sillä talon piian, jolle ostoskärryksi osti VW Karmann Ghian.


Tämä runo upposi yleisöön jo paremmin ja Kossunen sai kaipaamansa spontaanit aplodit koko joukolta.

- Kiitos, ystävät, kiitos! En malta nyt sitten olla lausumatta vieläkin vanhempaa tuotantoani. Seuraava runo kertoo Toivosta, jota kaikki odottavat ja rakastavat. Toivottavasti yleisön joukossa ei ole Toivoa tai ainakaan miestä, joka ottaisi tästä nokkiinsa. Ei pahalla, kaikella hyvällä, kaikella hyvällä! Toivo elää! Toivonsa kullakin.

## Toivolta ne käypi askareet

Toivolta ne käypi askareet;
Toivo se korjaa kärryt ja reet.
Toivo tarttuu tarpeisiin.
Toivo hukkuu toiveisiin.
Vaan on hauska sentään!

Toivo, Toivo lähti lomille,
Tahitille hiekkarannoille.
Toivo osaa pelata,
bailata ja relata,
vaan hauskaa olla pittää!

Kun on jälleen päivä seesteinen,
rynnistääpi Toivo ahjolleen.
Ken on tullut paikalleen,
töihin kärryvajalleen?
Vanha Toivo-pukki!

Naiset kaikki huutaa: oh, oh, oh!
Toivo hillitseepi noh, noh, noh!
Vauvan saanut Maija on,
Anni myöskin saava on.
Toivo, orhi oiva!

Saapuu lama, vaikk´ei kenkään sois.
Pajansa myy Toivo pois, pois, pois.
Kehitystä kestävää,
kaikki toivoo ystävää.
Ei voi Toivo pettää!

Yleisö alkoi jo lämmetä. Varsinkin pari vanhempaa naisihmistä huusi bravoota ja väki tömisteli lattiaa.

- Kiitos! Olette ihaa, ihaa, ihaania, haneja hanifaneja. Kaikki! Kiiitoos!

Mutta mennään sitten vähän kevyempään suuntaan. Paviljongit saavat mielen nousemaan, vaikka ei olisi kullatuissa paviljongeissa koskaan käynytkään. No, ainakin tanssipaviljongit ovat kaiken kansan tuntemia. Muistaako kukaan Mustanlahden Reuharin? Pelkkä proomu, mutta paviljongista se kävi. Seuraava runoni kertoo rakkaudesta aivan oikeassa marmoripaviljongissa!

### Rakkautta marmoripaviljongissa

Parfyymin taikavoimaa turha koittaa karttaa
Hurja tunne tanssittaa Askoa ja Marttaa

Martan silmät, lentosuukot, Martan hymysuu
Vain Martta, oi Marttani mun eikä kukaan muu

Silkkiä ja satiinia, kultaista on rihmaa
Vartaloaan Martta niin ihanasti kihnaa

Asko Martallensa sampea ja shampanjaa
tarjoaa ja jälkkäriksi tryffeleitä vaan

Askolta Martta saa ihanan medaljongin
ja ikiomaksi aivan - marmorisen paviljongin!

Taas tuli yleisöön eloa. Muutamat naiset pyörähtelivät tanssiaskelin ja lähettelivät lentosuukkoja Kossuselle. Ihanaa, ihanaa! Joku kysyi, josko kenellään olisi edes huuliharppua, että pantaisiin tanssiksi.

- Olette upeita! Hienoa, hienoa!

Haluatteko kuulla vielä yhden runon? Pilvet näyttävät synkistyvän ja pian saamme vettä niskaamme. Kesä kuluu nopeasti ja olemme taas syksyisissä tunnelmissa. Lopuksi esitänkin suomalaiselle kesälle tyypillisen runon.

## Sadelaulu

Tänään, koko päivän kärsimme tässä
sateessa ja tuulessa ikävässä
Kylmässä sinertää poski ja huuli
Kaulusta tuivertaa viima ja tuuli

Huomispäivänä käydä voi silleen
ei mene aurinko laisinkaan pilveen
Ilmasta saattaa jo haistaa ja oottaa,
taas aamulla aurinko paistaa ja polttaa

Nyt pilvet vuotavat maahan asti
vihaten, raivoten rakastavasti
Saa kuivuneet kuihtaleet herätä eloon,
saa päivä paistaa taas kapiseen kehoon!

Huolia huomisen kukaan ei tiedä
Mikä tuo onnen mi kaiken voi viedä?
Unelmat asuvat pilvien saarissa
näkyinä unissa, sateenkaarissa


Yleisö taputti ja koputti. Se halusi saada vielä yhden esityksen.
Kossunen! Kossunen! Kossunen!

- Kiitos rakkaat ystävät! Kiitos! Pyynnöstänne esitän vielä yhden
runon. Se on myöhäisintä tuotantoani ja jostakin syystä se merkitsee
minulle itselleni paljon enemmän kuin muut runoni. Toivottavasti
pystyn esittämään sen purskahtamatta itkuun.

### Sinä olet kaikkeni

Sinä, Sinä, Sinä olet kaikki
Sinä olet enkeli
Sinun olen omasi
Sinua mä rakastan
Sinuun luotan ainiaan
Sinussa on onneni
Sinusta saan turvani
Sinulla on sydämeni
Sinulta saan voimani
Sinulle teen lauluni
Sinä, Sinä, Sinä, yksin Sinä


Lausuntaesityksen päättyessä kansallispukuinen neitonen kiiruhti antamaan runoilija Hampus Kossuselle punaisen ruusun ja suudelman poskelle. Ihana Kossunen!

# 49  Vauraus yksillä, onni kaikilla

Konsultti Hampus Kossunen luonnosteli tekstin yleisradion aamuhartauteen, jonka hän ajatteli sopivan tilaisuuden tullen pitävänsä. Tilaisuutta ei tullut, mutta teksti säilyi.

Hyvä kuulija!

Tänään mietimme yhdessä, mitä on elämän rikkaus. En kerro siitä, mitä aineellinen rikkaus voi tarjota elämän mausteeksi. Sen sijaan kerron, miten köyhyydessä voi elää rikkaan elämän. Koko elämän mittaisen hyvän elämän.

Tiedämme, että vaikka kaikki maailman rikkaudet jaettaisiin tasapuolisesti kaikkien kesken, se ei riittäisi nostamaan ihmisiä köyhyysrajan yläpuolelle. Päinvastoin kaikki jäisivät köyhyysrajan alapuolelle. Tähän kurjalta tuntuvaan tilanteeseen on vain yksi ratkaisu. Se on ikivanha pelastuksen sanoma, joka ohjaa ihmisiä uskoon, toivoon ja rakkauteen. On hyvä pitää mielessä, että vaikka maalliset rikkaudet jakautuvat epätasaisesti, onnellinen elämä on meidän jokaisen ulottuvilla. Samoin epäusko, epätoivo ja pelko ovat tarjolla meille kaikille.

Usko omaan ja muiden ihmisten hyvyyteen kantaa jo pitkälle. Toivo ihmisten luottamuksen voittamisesta ohjaa samaan suuntaan. Pelon voittaminen rakkauden voimalla on suurinta, mitä ihminen voi saavuttaa.

Ihminen on luonnon lapsi, jolle metsät, järvet, joet, meret ja vuoret ovat antaneet voimia lukemattomien sukupolvien ajan. Taikauskosta ei ole kyse, kun ihminen halaa puuta. Puu lohduttaa ihmistä. Puu tuntee ihmisen huolet ja murheet, hyvät ja huonot aikeet. Jopa hirsiseinän satoja vuosia vanha honka vuodattaa pihkaisia kyyneleitä. Toivo paremmasta tulevaisuudesta auttaa ihmistä riemuitsemaan pienistäkin asioista. Tärkeitä asioita ovat juomavesi, marjat, hedelmät ja vihannekset, liikkuminen ja lepo. Kaiken kruunaa voima, joka on janoa ja nälkääkin suurempi. Rakkaus.

Kehityksen kärjessä kulkevat turhat tarpeet. Sen vuoksi elämästä, elämän tarpeista ja tarkoituksesta on muodostunut harhakuva, joka ei vastaa todellisuutta. Ei ole uskoa veljeyden voimaan, ei toivoa tasa-arvoisuudesta, ei rakkautta lähimmäiseen. Turhien tarpeiden tyydyttäminen ohjaa mielikuvaa vapaudesta, vaikka perustarpeiden tyydyttäminen on onnellisen elämän perusta. Enempää ei ole tarjolla. Siinä on kaikki.

# 50 Hampus Kossunen aurinkorannoilla

Muutamaan vuoteen Kossunen Consulting ei ollut enää tuottanut mitään. Uusi sukupolvi ei ole kiinnostunut Hampus Kossusen ajatuksista ja luennoista. Jos hän jaksaisi vielä muutaman vuoden, hän saisi lakisääteisen peruseläkkeen. Eläkeläisenä eläminen oli hänelle ajatuksenakin kauhistus. Hän oli tottunut elämään omien oivallustensa varassa.

Koulupoikana Hampus ajatteli, että kaikki ymmärrys, tieto ja taito oli lähtöisin omasta itsestä. Hän vierasti lukemalla oppimista ja harjoittelua. Hän nautti eniten siitä, että oli olemassa. Kaikki aistit ja raajat toimivat. Hän näki ja tunsi ihmeellisen luonnon ympärillään. Rakkain harrastus oli kävely uusissa maisemissa. Ystävät vaihtuivat, tulivat ja menivät. Hampus oli vakuuttunut siitä, että elämässä menestyi pelkillä luonnon lahjoilla suurilla. Nuorena miehenä hän uskoi vahvasti olevansa parhaimmillaan vanhuksena, parhaimmillaan silloin, kun ikätoverit ovat käyneet vähiin.

Hampus Kossunen oli nyt vanhuuden kynnyksellä. Elämän parhaiden hetkien piti olla odottamassa oven takana. Sen vuoksi Hampus noudatti jälleen vaistojaan. Hän oli muutaman kerran elämässään käynyt Espanjassa. Siellä hän oli suomalaisten suosimissa turistipaikoissa hauskuuttanut yleisöä. Nyt ei esiintyminen häntä enää viehättänyt. Hän kaipasi nuoruuden tunnelmia, irtonaista oloa ja riippumattomuutta kaikesta tavanomaisesta.

Barcelonan La Rambla veti häntä puoleensa kuin sadussa eläminen. Sitähän tämä elämä juuri oli, sattumalta saatua satua. Hampus saapui kauniina kesäpäivänä ihmisiä tulvivaan Barcelonaan. Hän majoittui pieneen Lima-nimiseen hostelliin sataman lähellä. Sieltä oli lyhyt matka uimarannalle ja La Ramblan kävelykadulle.

Hampus Kossunen ei ollut varustautunut runsailla rahavaroilla. Hän oli päättänyt asua hostellissa niin kauan kuin rahat riittäisivät. Hän päätteli rahojen riittävän juuri niin kauan kuin hänen olisi syytä pestä tai vaihtaa vaatteita, niin kauan kuin hänet kelpuutettaisiin hostellin asiakkaaksi. Hampus kävi uimassa alushoususillaan niin kauan kuin ei näyttänyt puliukolta.

Hampus nautti täysin rinnoin vapaudesta. Hän vaelsi ihmisten joukossa ilman kantamuksia, ilman rahaa, ilman avaimia. Hänet ryöstettiin muutaman kerran turhaan, sillä mitään ryöstettävää ei ollut. Ei varsinkaan sen jälkeen, kun passi oli kadonnut.

Hampus alkoi näyttää laitapuolen kulkijalta, mikä hän ei missään tapauksessa tuntenut olevansa. Hän näytti kerjäläiseltä, mutta sitä hän ei ollut. Hampus ei myöskään ollut varas. Hän ei varastellut mitään. Hän söi ainoastaan tarjottua tai poisheitettyä. Raha kelpasi myös, mutta sen käytössä hän oli tarkka: Hän pudotti jokaisen saamansa kolikon ja setelin milloin kenenkin läheisyydessään oleskelevan kerjäläisen kippoon. Kollegojen keskuudessa levisi tieto ihanasta Hampuksesta. Lyhyessä ajassa Hampuksesta tuli legenda jo eläessään.

Hampus nukkui yönsä sivukadulla olevassa pahvilaatikossa. Kadulla asuvat kollegat suojelivat nukkuvaa hyväntekijäänsä. Päivällä Hampus iloitsi suuresti auringon lämmöstä ja La Ramblan hälinästä. Elämä suorastaan kupli Hampuksen ympärillä. Terveet, kauniit ja iloiset ihmiset vaelsivat hänen ohitseen.

Täydellisen vapaana ja onnellisena pahvilaatikossa nukkuva Hampus Kossunen myös jätti tämän paratiisillisen maailman yhä uusien sukupolvien elettäväksi.

Tämä on viimeinen kuva Hampus Kossusesta.

Hampus oli juuri saapunut Barcelonaan. Kuvan on ottanut Espanjaan muuttanut eläkeläismies, joka oli aikoinaan kuunnellut Hampuksen esitystä eduskuntatalon rappusilla. Kuva löytyi eläkeläismiehen ensimmäisen vaimon piirongin laatikosta, jota alussa mainitun Rakelin toinen poika kävi läpi selvittäessään kummitätinsä jäämistöä. Täti oli usein kertonut kummipojalleen tarinaa siitä, miten häntä oli välittömästi Hampuksen esityksen jälkeen kositta eduskuntatalon viereisessä puistossa.

Kuvan takana oli viesti: Terveisiä Espanjasta! Muistatko vielä sen kerran, kun eduskuntatalon rappusilla suudeltiin?